U0004227

花和尚大鬧五臺山・豹子頭落草梁山泊

1

萌漫大話水滸傳

繪時光 編繪

野人

Graphic Times 51

花和尚大鬧五臺山·豹子頭落草梁山泊 ①

萌漫大話水滸傳

編　　繪　繪時光
文字創作　李銘　趙繼承

野人文化股份有限公司
社　　長　張瑩瑩
總 編 輯　蔡麗真
責任編輯　徐子涵
行銷經理　林麗紅
行銷企畫　李映柔
封面設計　彭子馨
內頁排版　洪素貞

出　　版　野人文化股份有限公司
發　　行　遠足文化事業股份有限公司 (讀書共和國出版集團)
　　　　　地址：231 新北市新店區民權路 108-2 號 9 樓
　　　　　電話：（02）2218-1417　傳真：（02）8667-1065
　　　　　電子信箱：service@bookrep.com.tw
　　　　　網址：www.bookrep.com.tw
　　　　　郵撥帳號：19504465 遠足文化事業股份有限公司
　　　　　客服專線：0800-221-029
法律顧問　華洋法律事務所　蘇文生律師
印　　製　凱林彩印股份有限公司
初版首刷　2024 年 2 月

國家圖書館出版品預行編目（CIP）資料

萌漫大話水滸傳 . 1, 花和尚大鬧五臺山 豹
子頭落草梁山泊 / 繪時光著 . 繪 .-- 初版 .--
新北市：野人文化股份有限公司出版：遠足
文化事業股份有限公司發行 , 2024.02
　面；　公分
ISBN 978-626-7428-11-5(平裝)

1.CST: 水滸傳 2.CST: 漫畫

857.46　　　　　　　　　　113000429

花和尚大鬧五臺山・豹子頭落草梁山泊

①

萌漫大話

水滸傳

第 **7** 章

楊志賣刀

第 **8** 章

智取生辰綱

第 1 章

洪太尉誤走妖魔

京城染疫求天師

據說大宋時期的仁宗皇帝，是赤腳大仙下凡而來。他剛出生就「哇哇」哭個不停。由於太子大哭不止，最後驚動了天庭的玉皇大帝，他趕緊派遣太白金星下到凡間，去解決這個問題。

於是太白金星化成了一個白鬍子老頭，去揭了皇榜，說是能治太子啼哭。太白金星被引到太子身邊，在太子耳邊低聲說了八個字。

太子聽完太白金星的話以後，哭聲戛（ㄐㄧㄚˊ）然而止。原來這句話代表天庭會派下星宿來輔佐他，文曲星是開封府龍圖閣大學士包拯（ㄓㄥˇ），武曲星是征西夏國的大元帥狄青。

仁宗皇帝在位期間有兩位賢臣輔佐，果然是國泰民安。不過，到了嘉佑三年的春天，民間突然有了瘟疫。

這一天皇帝上早朝，有大臣啟奏瘟疫橫行，必須要想出應對的策略來。

仁宗皇帝馬上封洪信太尉為御史，親自動筆寫了詔書，取了御香，叫洪太尉去江西信州的龍虎山請張天師。洪信領了聖旨，帶著詔書、御香和幾十人離開了東京（即汴ㄅㄧㄢ京，又稱汴梁，開封府所在地），浩浩蕩蕩而去。

洪太尉一行很快就到了江西信州，當地的大小官員出城迎接。洪太尉是一個務實的官員，連夜部署了第二天的工作。

第二天，當地的官員護送著洪太尉到了龍虎山。住持真人早就得到了消息，率領道童、侍從，前來迎接。

洪太尉一聽，心想這天師個性挺高傲，我是皇帝派來的御史，他竟然不來見我。

你趕緊叫人把天師喊來接旨啊。

叫不來！天師可有本事了，騰雲駕霧哪都去，誰也找不到。

洪太尉一聽，這可怎麼辦啊，心裡著急得很。

別鬧！嚴肅點！

皇帝要救老百姓，這是多大的事啊，要是把事情耽誤了，誰負責啊？

你負責啊！

住持眞人微微一笑，說：「既然皇帝委託你求天師辦事，你一點誠心都沒有可不行啊，這事我看不好辦。」

我真是太冤了！我一路上吃素，一點葷腥沒見著，還說我不誠心？

你好好洗洗涮涮，別帶隨從，親自背著詔書，點燃御香，這樣可能會見到天師。

哼！

不然啊，你就得白跑一趟！

好吧……

第二天五更十分，洪太尉就被道士喊醒了。

早餐不用準備這麼多湯，我喝不了！

不是叫你喝湯，這是沐浴的水。

洪太尉沐浴更衣，吃了素食，背上詔書，手裡拿著銀香爐，點燃御香，被眾道士送到後山，住持真人幫助他指點上山的路。

洪太尉告別了眾人，朝著山上走去。

太尉歷劫顯誠心

走過了幾個山頭，洪太尉走的腳也酸了，腿也軟了，大汗淋漓，有點兒走不動了。

正在艱難行進的時候，山坳裡突然颳起了一陣狂風。風過後，松樹背後撲出一隻吊睛錦毛的老虎來。那叫聲像炸雷一樣，洪太尉嚇得一下子摔倒在地。

那老虎盯著洪太尉，繞了兩圈，吼叫了兩聲就往後山跑去了。洪太尉抖得渾身如篩ㄕㄞ 糠ㄎㄤ 一般，心裡像有十五個吊桶打水——七上八下。

嚇死寶寶了！
這工作危險程度
太高了！

老虎逐漸走遠，洪太尉花了半天才爬起來，繼續硬著頭皮往山上走。誰想到沒走多遠，樹林深處又颳起了一陣風。洪太尉定睛一看，嚇得魂飛魄散，原來前面鑽出來一條大蛇。

完了，這下
小命休矣！

那條大蛇，先是盤成圈，然後伸出舌頭朝著洪太尉臉上噴毒氣。

那條大蛇玩累了就自己溜走了，洪太尉連驚帶嚇，叫苦不迭，心裡不住地埋怨住持真人。

洪太尉重新整理好衣服，繼續向山上走去。忽然，樹林裡有隱隱的笛聲傳來。洪太尉緊走幾步想看個究竟，只見一個道童，倒騎在牛背上吹笛子呢。

喂，小朋友，你從哪裡來的？你知道我是誰嗎？

你從哪裡來的？

你知道我是誰嗎？

主人，這人太煩了，你還是別吹了。

道童哈哈大笑，拿著笛子指著洪太尉說：「天師不在，這山裡毒蟲猛獸特別多，你要小心。」道童說完，繼續吹著笛子轉過山坡不見了。

你說得是真的嗎？

洪太尉半信半疑，心想這小道童怎麼會知道我要來請天師，可能是天師告訴他在這迎接我吧。洪太尉拿著香爐下了山，見了住持真人不免有了牢騷話。

我是朝中重臣，你叫我徒步上山，我走得腿發軟，滿身汗。那山上還有猛虎毒蛇，差點叫我送掉小命。

哈哈哈，太尉，這是天師在試探你的誠心呢。

算了吧，哪有這樣試探的，太嚇人啦！

洪太尉繼續訴苦，說根本沒看到天師，只在半路見到
一個吹笛子的道童，朝他喊了半天才搭理我。

住持真人告訴洪太尉，這個天師可不得了，雖然看著
年幼，可是道行非常高深。

住持真人趕緊安慰洪太尉。第二天早上吃過早餐，住持真人邀請洪太尉遊覽一番，洪太尉心裡十分高興。

太尉放心吧，你要說的話，天師都知道了，他已經去了京城。

啊？啥時候去的啊？

天機不可洩露。來吧，你安心休息吧。

這事兒可不小啊，千萬別鬧著玩兒啊。

接下來的項目是遊覽觀光。

這才對，就得勞逸結合，我真得好好放鬆一下了，工作壓力太大啦！

你早就期待這一刻了吧。

洪太尉興致很高，四處轉了一番。他一抬頭，看到一處殿宇，只見這裡都是紅泥牆，大門緊鎖，貼著十數道封條。屋簷前還有一面牌匾，上面寫著四個大字：伏魔之殿。

這裡好奇怪啊。

洪太尉起了興趣，趕緊問住持真人這裡是怎麼回事。

咱們趕緊離開這兒吧。

等一下，我還沒弄清楚呢。

❀ 太尉任性走群妖 ❀

這洪太尉好奇心還挺重，繼續追問。

你說裡面是不是藏著好玩、好吃的東西呢？

這裡是祖老大唐洞玄國師封鎖魔王之地，

裡面鎖著魔王。我來這裡當住持三十多年了，也只是聽說，從來不敢進去。

那可不知道。

洪太尉馬上想開門進去看看。

這個真的不能看，先祖天師一再叮嚀，不能開門！

我跟你說，我這輩子還沒看過魔王呢！多遺憾啊！

洪太尉一聽住持真人拒絕了他，頓時勃然大怒。

我忍你好久了，你在耍我吧。

我學問這麼大，從來都沒看過有什麼魔王，你在這裝神弄鬼的，想幹啥啊？

你趕緊打開門！咱們不信謠，不傳謠！

我真的沒有耍你，這事不能做啊。

這洪太尉是「無知者無畏」，堅持要住持真人打開大門。他警告他們：「你們要是不打開門，我回到朝廷就上奏本，說你們阻攔我宣讀詔書，違抗聖旨。」

怎麼這樣說呢，您息怒啊。

太尉，你翻臉不能比翻箱子還快啊！

我告訴你們，你們私設這座殿宇，就是故弄玄虛！我向皇帝啟奏，把你們都抓起來發配到邊疆受苦。

不給點顏色看看是不行了。

大家被洪太尉這麼一嚇唬，都害怕了，趕緊找人把封條揭開，用鐵錘把鎖頭給砸開了。眾人推開大門，裡面黑洞洞一片，什麼都看不清楚。

點上火把！看看裡面到底有什麼！

洪太尉叫人點燃了火把，進了屋子裡一照，發現有一座石碑，高約五六尺，大半部分都陷在泥土裡。

我看看上面寫的什麼字？

碑石上的字不少，可惜大家都不認識，只有石碑後面
寫著四個大字：遇洪而開。洪太尉一看，心裡非常高
興。

洪太尉叫人挖開石碑底部，嚇得住持真人趕緊制止。

洪太尉執意不聽勸阻，叫人全力開挖。最後把石碑推
倒了，看見下面有塊大青石板。

洪太尉真是任性，堅持叫人把青石板掘開。只見石板下面有個地穴，地穴深處發出一聲響。然後大家就看到一道黑氣，從地穴裡湧出來，掀塌了半個殿角。那道黑氣，直衝到半空中，散作百十道金光，往四面八方散去了。大家嚇得驚呼著四散而逃。

洪太尉知道惹禍了，嚇得目瞪口呆，面如土灰。

哎呀，這殿內鎮鎖著三十六員天罡星，七十二座地煞星，一共是一百單八個魔君。

那你怎麼不早說？

是你不讓我說啊。

這件事的後果嚴重嗎？

這些魔君要是放出去，人間就要出大事了！

洪太尉再也沒有了遊覽的心思，趕緊收拾了行李，下山回京了。到了京城，才知道天師已經做了七畫夜法事，瘟疫已經消退，天師也乘鶴駕雲而去了。

我真是太莽撞了！

洪太尉囑咐隨從，自己惹禍這事千萬不能說出去。後來，這三十六員天罡星和七十二座地煞星下到凡間，演繹了盪氣迴腸的《水滸傳》！

社稷ㄐㄧ從此雲擾擾，
兵戈到處鬧垓ㄍㄞ垓！

歷史上的宋仁宗

水滸的故事根源於宋仁宗年間的那場瘟疫。當時仁宗皇帝派洪太尉請張天師下山禳災消疫，不料他卻闖下了彌天大禍。

宋仁宗名趙禎，是宋朝的第四位皇帝，也是中國歷史上第一個被冠以「仁」的皇帝。他在位期間大力重用賢臣，當時朝廷人才濟濟，文有鐵面無私的包拯、「先天下之憂而憂」的范仲淹、開創一代文風的歐陽修；武則有面戴著青銅面具、所向披靡的修羅大將狄青。故事裡說的「文有文曲，武有武曲」，就是這個意思了。

宋仁宗謙恭、節儉、仁慈、寬厚。有一次，仁宗跟身旁的太監說，自己昨天一晚上都沒睡好，肚子很餓，想吃羊肉。太監就說，既然餓了想吃，為什麼不吩咐下人去做呢？仁宗卻撓著頭說，不可以啊，如果我昨晚開口跟御廚要羊肉，他們以後就會天天殺了羊準備著，這樣濫殺生靈、靡費財物怎麼可以呢！

據記載仁宗朝共爆發了 5 次瘟疫，故事裡所說京師一帶爆發的瘟疫就發生在嘉祐五年（西元 1060 年），雖然請張天師禳災的情節是虛構的，但宅心仁厚的仁宗的確在每次疫情爆發時都會全力賑災，甚至不顧大臣們的勸阻，將宮廷私藏的珍貴藥材都拿出來送往疫區挽救百姓。

神奇的數字:「三十六」、「七十二」

我可是個好皇帝，宋江造反怎麼就攀扯到我頭上了呢！

仁宗

　　水滸英雄的前身就是洪太尉從伏魔殿放出的三十六天罡和七十二地煞。而在中國文化中，三十六和七十二這兩個數字可不簡單。

　　通常情況下，古人在事物接近三十時就會說成是三十六、接近七十時就會湊足七十二，所以這兩個數字幾乎在任何場合都極其常見。比如，《孫子兵法》有三十六計，孔子弟子有七十二賢人，《列仙傳》的神仙有七十二位，豬八戒有三十六變而孫悟空有七十二變，道教有三十六小洞天、七十二福地等等。

　　古人為何如此癡迷這兩個數字呢？有人說，早期的曆法將一年劃分為十個月，一個月就是三十六天。同時，一年三百六十天，按照金木水火土五行劃分為五季，每季則是七十二天。也就是說，三十六和七十二在古人眼中之所以如此神奇，是因為它們都與自然天道的運行有關。

黃帝

我七十二戰才打敗了蚩尤。

我封天下為三十六郡。

秦始皇

曹操

為了保護自己的屍骨，我立了七十二疑塚。

施耐庵

還有還有，武夷山三十六峰，黃山有七十二峰。哇哇哇，太多了，太多了！

一百單八將現世

洪太尉一時手快揭開了伏魔殿內石碑上的封印，放出了被鎮壓在石碑下的三十六天罡、七十二地煞，他們降到凡間，將大宋王朝攪得天翻地覆。後來宋江得天書，天書上就明列了一百單八將的姓名。

天罡星以天魁星宋江、天罡星盧俊義為首，包括天機星吳用、天閑星公孫勝、天雄星林沖、天殺星李逵、天孤星魯智深等人。地煞星則以地魁星朱武、地煞星黃信為首，包括地勇星孫立、地慧星扈三娘等。

史書記載，宋江三十六人當年橫行河朔一帶，官兵都束手無策。後來民間也廣泛流傳著宋江三十六人的綽號和事蹟，而施耐庵為了神化他們的來歷才虛構了天罡地煞的說法，表明他們都是天上的星辰下凡，暗示宋江起義是上天對徽宗朝昏亂政治的警戒和懲罰。

不過原本流傳的宋江三十六人中其實並沒有林沖，是《水滸傳》虛構了林沖的故事並把他插入三十六天罡之列，而原來三十六人中的孫立因此被擠到了地煞星的行列裡。

千古幽扃一旦開，
天罡地煞出泉台。
自來無事多生事，
本為禳災卻致災。
社稷從今雲擾擾，
兵戈到處鬧垓垓。

施耐庵

第 2 章
拳打鎮關西

史進結識魯提轄

這天，一名叫史進的少年離開了少華山，向著延安府方向而來，他是來尋找自己師父王進的。

史進一個人走了半個多月，來到了渭州地界，聽說
這裡也有一個經略府，史進心裡挺高興。

史進進了城，找到一家茶館喝茶，這樣也好慢慢打聽
師父的下落。

正說話間，茶館外進來一個軍官。這人生得大圓臉大耳朵，鼻直口方，腮邊還有絡ㄌㄨㄛˋ腮ㄙㄞ鬍鬚。他長得高大威猛，說話嗓門很大。

哎呀，耳朵給我震得嗡嗡的啊。

店家，上好茶！

哎呦，這人一看就不簡單啊！

魯達

店家認出這人是提轄ㄒㄧㄚˊ魯達，趕忙給史進介紹。意思是你想打聽王進，找魯提轄就對囉。

我叫魯達，粗魯的魯，魯達的達。

我叫史進。

使多大勁啊？

哈，不是使勁的使勁，是史進的史進，這樣你聽懂了嗎？

我聽起來還是一樣啊。

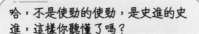

史進把尋找師父王進的事說了，魯達恍然大悟，說道：「原來你是史家村的『九紋龍』史進史大郎啊，你和你師父王進，我都是聽說過的。王進不是在東京得罪了高太尉嗎？」

我聽說王進在老種經略相公那裡工作，這裡是小種經略相公的地盤，你找錯地方了。

哎呀，你知道我師父在哪裡啊。

茶館

史進聽完很失望，倒是魯達不管三七二十一，拉著史進非要出去喝點兒小酒。

兩個人走到街上，發現外面圍著一群人，中間有個人在使槍弄棒賣膏藥呢，史進一看這人自己認識。

魯達一聽火了，不耐煩地說：「沒功夫等你，現在就得去！」

圍觀的眾人都很害怕，一下子都跑不見了。生意沒得做，李忠無可奈何只能收攤跟著魯達和史進去喝酒。

該喝酒時就喝酒，風風火火闖九州。

怎麼這樣啊，耽誤我師父賺錢了。

生意都叫他給打擾了。

三個人來到了潘家酒樓，分賓主坐下後開始喝酒。

挑招牌菜給我上，不差錢！

提轄，您點菜。

金氏父女擾酒興

店小二端上酒菜，三個人吃喝起來。正說得開心呢，卻聽到隔壁有女子在低聲哭泣。魯達一聽就火了，把碟子、酒杯都扔到地上，「劈哩啪啦」一響，店小二趕緊跑過來查看究竟。

嗚嗚嗚—

店小二，我需要你給我個完美的解釋！我請朋友喝酒呢，這是什麼意思啊？

你這朋友脾氣太爆了。

真是點火就著啊！

店小二趕緊解釋，說隔壁是賣唱的父女在哭。

把他們叫過來，我問問怎麼回事。

提轄，還是算了吧。

不行！

得饒人處且饒人……

就是不行！

眼看魯達暴怒，店小二只好把隔壁哭泣的父女倆帶過來。

這人變臉挺快啊。

咱們聽著吧。

別害怕，好好說說怎麼回事？

金翠蓮

金二

原來老漢叫金二，女兒叫金翠蓮。他們看魯達雖然生得魯莽，卻是講理之人，於是一五一十地把事情原委說了一遍。

金翠蓮說他們父女倆是東京人，來這裡是投奔親戚來了，哪裡想到親戚搬家去南京那邊了。母親在客店裡得病去世了，父女倆走投無路，流落在街頭。

當地有個財主叫「鎮關西」鄭大官人，看中了金翠蓮，找了媒人後硬是強娶翠蓮做小妾。沒想到他雖然寫了付給金老漢三千貫聘金的文書，後來卻耍賴不肯掏錢。

金翠蓮嫁過去不到三個月,「鎮關西」的大老婆很霸道,愣是把金翠蓮一頓棍棒打了出來。這還不算,反倒跟金老漢要三千貫。

唉,這「鎮關西」有錢有勢,金家父女根本惹不起,只能在酒樓賣唱賺錢。可是酒客稀少,兩人越想越著急,所以才忍不住哭泣的。

魯達一聽「鎮關西」是賣肉的鄭屠，那更是火冒三丈，
非要馬上去揍鎮關西。李忠和史進死命抱住勸說，他
這才作罷。

魯達挺給史進面子，決定暫時不去打「鎮關西」了。

金家父女千恩萬謝，魯達拿出五兩銀子，然後看著李忠和史進，決定臨時舉辦募捐活動。

魯達把十五兩銀子交給金家父女，把李忠的二兩銀子給還回去了。李忠和史進跟魯達告別，各自離去。

哥哥保重！

明天我多少得教訓下「鎮關西」了，實在是等不及了。

你的就算了！

不能歧視我捐得少啊！愛心都是一樣的！

金老漢得了銀子，趕緊準備逃跑。第二天，魯達一大早就來送行了。店小二一看金老漢父女要走，心想：不行啊，他要是走了，「鎮關西」絕不會輕饒了自己啊。

你提誰都沒用！

金老頭，沒有鄭大官人的命令不能離開。

是提轄叫我們離開的。

魯達問店小二，人家把住店錢都結算清楚了，憑啥不讓人家走啊？店小二說他惹不起鄭大官人。一提「鎮關西」，魯達來氣了，上去就給了店小二一巴掌打掉門牙，再補了一個飛腳。

一腳叫你滿地找牙！
誰讓你為虎作倀

我牙呢？

哎呀！

三拳打死鎮關西

送走了金家父女，魯達來到了狀元橋「鎮關西」的肉攤前。「鎮關西」正在那坐著呢，手下有十來個賣肉的夥計在忙活。

「鎮關西」一看魯達這是來者不善啊，趕緊親自去切肉。魯達冷眼瞅著「鎮關西」，越瞅越是來氣。

「鎮關西」耐著性子，把肉切好包好。沒想到魯達繼續發話。

再來十斤，都要肥的，一點精肉不要，也要切成肉末。

不行，就要你切。

提轄，切好啦。

嗯？好吧，我叫夥計切！

這一早上「鎮關西」都沒休息，累得滿頭都是汗。忙完了，「鎮關西」陪著笑臉要給魯達送到府上去，誰想到魯達還是不走。

啊，那再來十斤寸金軟骨，也得切成末，一點肥瘦不能帶。

提轄，切好啦！

提轄，你這一大早不是來逗我玩的吧？

居然敢跟我這麼說話！

魯達一聽，「騰」地一下蹦起來，舉起兩包碎肉末，迎面打了過去。滿天就像下了肉雨一樣，弄得到處都是。

「鎮關西」大怒，從肉案上拿了一把剔骨尖刀，撲了過來。魯達一下子閃到街上，跟「鎮關西」拉開了架勢。

「鎮關西」右手提刀，左手來揪魯達，他以爲能像殺豬
那樣輕易幹掉魯達呢。只見魯達就勢按住他的左手，
往他小肚子上猛踹一腳，「鎮關西」仰面摔倒在街上。

魯達踩住「鎮關西」的胸脯，一拳打在鼻子上，一下子就把他的鼻子打歪了。

「鎮關西」被打，嘴裡還不服氣，一說打得好，魯達更生氣了，揮拳朝著他的眼眶來了一下，這下子把「鎮關西」打得眼珠子都突了出來。

魯達第三拳打下去，正中太陽穴，一下子就把「鎮關西」給打沒氣了。

怎麼沒動靜了呢？我也沒怎麼用力啊。

誰架得住你這大拳頭啊，我活不成了。

醒醒啊！

魯達一看「鎮關西」咽氣了，心裡也知道惹禍了。鬧出人命要吃官司可不得了，乾脆先溜吧。魯達回到住處，收拾些衣服和銀兩，拎著一條短棒，奔出南門就一溜煙走了。

沒想到勁兒使大了，我得腳底抹油——開溜了。

歷史上的種家將

魯達對正苦苦尋找師父的史進說，自己和王進現在不在一個部門，王進投靠的是「老種經略相公」，而自己現在被借調到「小種經略相公」府任職了。

其實，被施耐庵搬出來妝點魯達背景的這兩位可不簡單，種家將在北宋可是名聲赫赫，如雷貫耳。

種家將的第一代將領是種世衡，他鎮守陝北多年，身先士卒，鞠躬盡瘁。他去世後，他的兒子種諤子承父業，在陝北屢建奇功，成為種家第二代名將。而第三代種師道更是青出於藍，在國家危亡之際奔赴國難，勇退金兵。

種師道曾經在渭州（今甘肅平涼）擔任知州，《水滸傳》裡在渭州的小種經略相公應該是指種師道，由此推斷，那「老種經略相公」就應是指第二代名將種諤了。

要不是我，你們種家將能人盡皆知？枝微末節的事就別計較了！

錯了錯了，師道是我侄子，不是我兒子。

就是就是，明明被尊稱「老種」的是我，偏把我寫成「小種」。

宋朝的「三千貫」到底是多少錢？

銅錢的基本單位是「文」，古人常常把銅錢用繩子穿起來，「貫」本來是指用來穿錢的繩子，後來慢慢才成了錢幣的計數單位。

一貫錢，民間也稱為一吊錢。標準的一貫錢是一千文，但不同時代、不同地區，一貫的數目也經常是不一樣的，有的是七百文一貫，有的八百文一貫，還有的地方三四百文一貫。宋朝建國後，官府為方便商品買賣統一規定七百七十文為一貫。

按照宋朝的物價推算，當時的一文錢約等於現在的 4 元，那麼一貫也就相當於 3,080 元，一千貫就是 308 萬。由此來看，鎮關西鄭屠承諾給金翠蓮三千貫聘禮簡直是大手筆，看來一開始就準備要翻臉賴帳，逼金家父女免費為他打工了。

你這賴皮鬼，還敢狡辯，吃我一拳。

嗚嗚，我就說三千貫太多了嘛！

第一位出場的水滸英雄：陽光少年史進

星名：天微星

座次：23

綽號：九紋龍

武器：三尖兩刃四竅八環刀

外貌：面似銀盤，刺著一身青龍

梁山職司：馬軍八驃騎兼先鋒使第七位

主要事蹟：史進是史家莊史太公長子，少年心性，喜歡舞槍弄棒，好結交江湖人物，因為與少華山頭領往來甚密，被人告發，不得已逃亡，落草少華山，後帶領少華山眾人投奔梁山，追隨宋江南征北戰，征遼時連殺楚明玉、曹明濟兩員大將；征方臘時，殺死沈剛，活捉甄誠，但不幸在昱嶺關被龐萬春一箭射死。

人物評價：史進出場時只有十八九歲，是《水滸傳》裡難得一見的陽光少年，任性使氣，不免魯莽，卻貴在一片赤誠，至真至純。

久在華州城外住，出身原是莊農，學成武藝慣心胸。三尖刀似雪，渾赤馬如龍。體掛連環鎧，鐵鎧，戰袍風颭猩紅，雕青鐫玉更玲瓏。江湖稱史進，綽號九紋龍。

有紋身！難道你是傳說中的黑社會！

請忽略我的紋身，多多關注我的人品！

第 3 章

大鬧五臺山

金氏父女遇恩人

話說魯達三拳打死「鎮關西」以後，東奔西逃，一路上沒少吃苦。這一天他走到代州的雁門縣，看見一群人圍在一起看牆上張貼的告示。魯達心裡好奇，也湊過去看熱鬧。

魯達正在那看告示呢，聽見身後有人叫他。回頭一看，叫他的人正是他救下的金老漢。

別擠，你看吧。

緝拿打死鄭屠的犯人魯達，有舉報的重重有賞。

啊？那是誰？

恩人啊，你膽子也太大了，這是抓你的告示。

沒關係，反正畫的不像。

金老漢一五一十地把他和翠蓮逃離魔掌後的經過，跟魯達說了一遍。

見魯達無路可去，金老漢把魯達請到家中。父女安排魯達飲酒，還向他行大禮，再次感謝當日相救之恩。

三個人正在喝酒，樓下吵吵鬧鬧來了一群人。爲首的正是趙員外，原來是報信的沒說明白，他還以爲岳丈跟壞人在一起，所以來查看究竟。

別叫賊人走嘍！

他們叫我什麼？

魯達喝酒正在興頭上，見有人叫囂，攪了酒興。魯達氣惱至極，拎起凳子就要下樓打架。

看我下去一板凳拍扁了他們！

哎呀，恩人啊，衝動是魔鬼。

金老漢下去一解釋，趙員外才知道弄誤會了，趕緊上樓相見。

趙員外考慮事情很周到，趕緊把魯達請到自己莊上去，一連幾日好酒好菜招待他。

這一天，金老漢急匆匆趕來。原來，前幾天在酒樓一鬧，有人檢舉，官府派人來調查情況了。魯達一聽也慌了。

咱們得早做打算，不得不防啊！

我也沒地方去了啊。

恩人啊，您別著急。我有個地方，您願意去嗎？

趙員外介紹說，距離此地三十多里有個五臺山，山上有個文殊寺，那裡的智真長老跟他關係很好。

您要是同意出家當和尚，倒是可以逃脫官府的追捕，一切費用由我來承擔。

我就聽員外的安排吧。

智真長老收魯達

第二天早上，趙員外和魯達起身趕赴五臺山。文殊寺的智真長老率領寺中大小管事出來迎接。趙員外和魯達施禮，雙方很是融洽。

智真長老把二人迎到大殿，魯達大咧咧地坐下，趙員
外趕緊小聲告訴他要講究禮數。

注意禮數！

李樹是誰？

我說的是禮數，不是人名。算
了，你起來到我身後去吧。

哦，那我懂了。

趙員外帶來了很多禮品，一一擺在面前，智真長老表
示了感謝。

趙某有一
心願，許一個
出家的名額
在文殊寺。這個
是我表弟魯達，
因為看破了紅塵，
想要出家。

也太死板
了吧！

哦，沒問題。不過
我們得走流程，先
開個會研究一下。

智真長老就叫來寺院的其他管事人，一起商議接納魯達出家的事情，叫大家充分發表自己的意見。

這魯達大眼珠子轉來轉去，不是良善之人啊。

就是，面相兇惡，顏值不行。

他心不誠，站著都睡著了。

大家討論後，最後一致通過：不同意魯達出家。

此人上應天星，心地剛直，正果非凡，咱們這些人將來都不如他。

暈倒！我們集體暈倒！

這個會開得太多餘了。

經過大家熱烈的討論和表決，我決定接受魯達剃度。

智真長老同意魯達剃度出家。準備了兩天，才開始為魯達舉行剃度儀式。

哈哈哈！

唉，能不能給我留點頭髮啊？這不成了禿子了嗎？

這……你得問長老。

寸草不留，六根清淨，與你剃除，免得爭競！

淨髮人把魯達的頭髮都剃了，智眞長老賜魯達法名智深。

靈光一點，價值千金，佛法廣大，賜名智深。

好吧。

自此，魯達改名魯智深，正式皈依佛門。智眞長老走到穿上袈裟的魯智深面前，爲他摩頂受記。

三歸，皈依佛門，歸奉正法，歸敬師友。

嗯嗯。

五戒，不要殺生，不要偷盜，不要貪酒⋯⋯

少喝點行嗎？

不行！

安頓好了魯智深，趙員外第二天就要離開五臺山了，
臨走的時候囑咐魯智深一定要遵守戒律清規。魯智深
點頭答應。

魯智深回到禪床上，倒頭便睡。兩個小和尚一看，趕
緊喊他起來坐禪。

小和尚找首座告狀，說魯智深不去坐禪念佛，只知道大睡。首座也拿魯智深沒有辦法，只好忍下來。於是，魯智深每天我行我素，吃吃睡睡，想要解手時就去佛殿後面。

魯智深在五臺山寺中待了四五個月，這時候已經是初冬天氣，魯智深想出去溜達溜達。於是他收拾一下，大踏步走到半山處的亭子上散心。

魯智深正饞酒呢，遠遠地看見一個漢子，挑著兩桶
酒，唱著山歌走了上來。

九里山前作
戰場，牧童拾得
舊刀槍……

我想什麼
就來什麼，給我
酒喝！

魯智深要買酒，漢子告訴他這酒不能賣給和尚吃，這
是寺廟的規矩。魯智深才不管這一套，見漢子不賣，
就上去揍了他一頓，然後開懷暢飲。

這酒勁兒挺
大啊！下回你帶
點下酒的菜！

這人還是
和尚嗎？

魯智深喝醉了酒，晃晃蕩蕩回寺，兩個看門的和尚一見，佛門弟子爛醉，這還了得，馬上攔住魯智深的去路。魯智深繼續往裡頭闖，看門的和尚阻攔。魯智深怒了，大吼一聲動起了手。

一場混戰，幾十人也打不過魯智深。智眞長老接到報告，趕緊出來阻止。

第二天一早，魯智深酒醒了，智真長老對他進行了嚴厲的訓話。魯智深也意識到自己做得不對，承認了錯誤。

你破了戒律，按理說應該趕你出寺門，可念在趙員外的面子上，原諒你這一次，如若再犯，不能饒恕你了。

再不敢了。

自打這次醉酒鬧事以後，一連四個月，魯智深不敢出寺門去，規規矩矩在寺裡待著。

真是出息了，沒再惹事啊。

呼呼呼呼一

他是坐著睡著了。

花和尚大鬧五臺山

這一日天氣暖和，魯智深離開了僧房，悄悄下了山。

> 這給我悶的啊，心裡都長蟲了，可得下山放鬆放鬆了。

魯智深來到一家父子倆開的鐵匠鋪，吩咐鐵匠給他打造一把戒刀，再打造一條禪杖。

> 都用好鐵給我打，我不缺錢。

鐵匠問他打多少斤重的禪杖，魯智深張口就說要一百斤。鐵匠笑了。

就依你，你們好好打，我出去喝酒去了。

不要你管。

師父，關老爺的青龍偃月刀也才八十一斤，太重你揮不動啊。

師父，你打一條六十二斤的水磨禪杖就可以了。

魯智深從鐵匠鋪出來，進了一家酒館。

店家，好酒好菜都給我上來。

這……豈有此理！你們這條規矩不好。

長老有過吩咐，不賣酒給山上的和尚。

魯智深買不到酒肉吃，只好換了一家酒館。可結果是一樣的，智真長老早有規定，這些酒館是不能賣酒肉給和尚吃的。

太上火了我！

接連去了幾家酒館都碰了一鼻子灰，魯智深眉頭一皺，來了計謀。他再次進了一家酒館。

店家，我是路過的和尚，吃點酒肉。

你不是五臺山的僧人？

不是。你聽我口音啊，來吧，上酒。

好吧。

就這樣，魯智深冒充路過的和尚，成功買到了酒。看見店家砂鍋裡煮著肉，他也買了來。魯智深吃得很是盡興。

這和尚真能吃啊

看什麼啊？沒見過喝酒吃肉啊？

魯智深吃飽喝足，還不忘拎著剩下的肉，醉醺醺出了門。魯智深往著五臺山走去，把店家嚇得目瞪口呆。

你說你不是五臺山的。

如果我說是五臺山的，你就不賣我酒肉了。

魯智深走到半山亭，酒勁兒徹底上來了。魯智深好久沒有練功，身子也睏倦了，於是，他借著酒勁，想展示一下拳腳。

爺爺練幾下子！

魯智深發力，一膀子撞在了亭子柱上，只聽得一聲巨響，柱子折斷，亭子也轟然倒塌了。驚得看門的小和尚趕緊回寺稟告。

嗨！

咔嚓一

亭子讓他打倒了，趕緊關門。

不好啦，魯智深又喝醉了！

和尚們合力把大門從裡面插上，魯智深推不開門，生氣了。

魯智深敲不開門，看到了大門左邊的金剛像。魯智深大怒，把金剛像砸了下來。

門裡面的和尚嚇得不敢出聲。魯智深抬頭看見右邊的金剛像，再次把金剛像給砸落在地。

禿驢們，不給爺爺開門，我就把這裡砸個稀巴爛，點把火燒嘍！

嚇得和尚趕緊打開門插，魯智深一下撲倒進來，摔了個結實。

魯智深一路打起來，一二百人都抵擋不住。

智真長老趕來，魯智深見了長老，自知理虧，也就住了手。

長老，我跟他們鬧著玩呢。哎呀，買的肉掉出來了。

這回你罪業不小，不能留你了。

那我去哪兒啊？

第二天，智真長老寫了一封信，告訴魯智深，他有一個師弟，在東京大相國寺當住持，叫做智清禪師，讓魯智深去投奔他。

我還有四句話說給你聽：「遇林而起，遇山而富，遇水而興，遇江而止。」

我記住了。

魯智深去鐵匠鋪取了戒刀和禪杖。

和尚們敲鑼打鼓歡送魯智深。

拜別智真長老後，魯智深離開五臺山，直奔東京而去。

佛教名山五臺山的成名史

魯智深打死鎮關西後一直東奔西逃，這天就來到雁門縣（在今山西），恰好就碰見了當初被他救下的金老漢。為了躲避官兵的追捕，魯智深無奈在金老漢女婿趙員外的推薦下到五臺山出家了。而這五臺山可是個神奇的所在。

五臺山，又名清涼山，位於山西省忻州市，因東西南北中五座山峰峰頂皆平坦如台而得名。五臺山與四川峨眉山、安徽九華山、浙江普陀山並稱佛教的四大名山，而五臺山更被尊為四大名山之首。

早在佛教傳入中國之初，五臺山就已備受關注。漢明帝永平年間（西元 58 年 -75 年）有兩位印度僧人迦葉摩騰和竺法蘭來中國傳法，見五臺山氣象非凡，與印度靈鷲山（釋迦牟尼修行處）極為相似，於是奏請明帝在此處建寺，寺成後就依照山形取名靈鷲寺，與洛陽白馬寺同為中國最早的寺院。

南北朝時期，北魏孝文帝拓建了靈鷲寺，並在周圍興建了 12 座寺院。到北齊時，五臺山的寺院更猛增至 200 餘座。唐王朝建國後，皇帝們都大力弘揚佛法，因李唐王朝起兵山西太原而最終奪得天下，五臺山也因為這層特殊淵源備受優待，寺院、僧侶急劇增多。而借著強大唐朝的影響力，五臺山還很快馳名中外，成了佛教徒競相朝拜的聖地。

此後，宋、元、明和清初，各代都曾在五臺山敕建寺院。相傳不愛江山愛美人的順治帝就是在五臺山清涼寺出家的。

這麼厲害！早知道我就在這裡好好待著了，也不至於被逼上梁山。

魯智深　趙員外

五戒和八戒

　　魯智深不得已到五臺山出家，智真長老為他摩頂受記時告誡他要做到三皈五戒，其中五戒就是不殺生、不偷盜、不邪淫、不飲酒、不妄語。

　　其實五戒只是佛教在家修行的男女應終身遵守的戒規。五戒之外再加三條則合為八戒，這三條就是不坐在或者睡在高大華麗的床上、不裝飾打扮自己和不觀聽歌舞、正午過後不吃飯，不過這三條不需要終生遵守，可以臨時短期遵行。《西遊記》裡唐僧給豬悟能起別號「八戒」，即希望他能遵行這八條戒律。

　　另外佛教還有十戒、具足戒。十戒是 7 歲以上 20 歲以下的出家男女必須遵行的戒律，與八戒內容相似，只把八戒中不裝飾打扮及觀聽歌舞一條分為兩條，並增加不蓄金銀財寶一戒。而具足戒才是佛教正式僧侶遵守的戒律，據說僧人要遵守的戒條有的多達 250 條，對宗教活動及日常生活的細節都做了詳盡的規定，只有依照戒法受此戒才算是取得了僧尼的正式資格。

　　這麼看來，智真長老對魯智深所說已經是佛教徒的最低要求了。

粗中帶細的魯達

星名：天孤星

座次：13

綽號：花和尚

職業：原渭州經略府提轄

武器：六十二斤水磨鑌鐵禪杖、
　　　戒刀

梁山職司：步軍頭領第一位

外貌：面圓耳大，鼻直口方，一部絡腮鬍鬚。身長八尺，腰闊十圍。

主要事蹟：本是渭州經略府提轄，因為替金翠蓮打抱不平三拳打死
　　　　　了鎮關西，惹上官司，不得已到五臺山當了和尚。後來
　　　　　在大相國寺與林沖一見如故，又因為替林沖出頭得罪了
　　　　　高俅，和尚都做不成，只能去二龍山落草為寇，三山聚
　　　　　義打青州後加入梁山隊伍，跟隨宋江四處征戰，在征方
　　　　　臘一戰中曾生擒方臘。

結局：平方臘後在六和寺圓寂，朝廷加贈義烈照暨禪師。

人物評價：魯達脾氣急但是心腸熱，一生急公好義，除暴安良，從
　　　　　無半點私心，是真真正正的大英雄。

禪林辭去入禪林，
知己相逢義斷金。
且把威風驚賊膽，
讓將妙理悅禪心。
綽名久喚花和尚，
道號親名魯智深。
俗願了時終證果，
眼前爭奈沒知音。

我就是眼裡揉不下沙子，
壞人一個也跑不掉！

第 4 章

誤入白虎堂

魯智深投奔大相國寺

魯智深前往東京，一路上風餐露宿，走了很長時間，
終於到了東京城。

順著行人的指點，魯智深來到了大相國寺，見到了管事的僧人，趕緊說明來意。

方丈接到智真長老的書信，心裡有些為難，可是礙於師兄的情面，也不好直接拒絕。於是，先安排魯智深歇息下來，再做商議。

方丈趕緊召開會議，主題就是如何安置魯智深。

這人是殺人犯，不能留下啊。

他不能老實地當和尚，說不定會惹出什麼麻煩呢。

要不派他看菜園子去得了。

和尚甲

和尚乙

和尚丙

方丈一聽這個主意不錯，在酸棗門外的嶽廟隔壁有個菜園子，那裡有二、三十個潑皮無賴總是惹是生非，叫魯智深去看菜園子也挺好，至少能嚇唬嚇唬他們。

這是成功的大會，勝利的大會！叫魯智深來，我跟他說。

魯智深一聽方丈叫自己去看菜園子，頭搖得像撥浪鼓。

那我當三把手不行嗎？

我介紹人可是智真長老，起碼我得當個二把手吧？看菜園子的活兒我不幹！

是這樣的，用人得按流程來，你得慢慢升遷。

已經決定了，你快去上任吧。

這酸棗門外的潑皮當中有兩個領頭的，一個叫「過街老鼠」張三，另外一個叫「青草蛇」李四。

這地盤我們哥兒倆說得算。

誰來說都沒用。

張三

李四

這一天他們聽說菜園子門口新貼了一道榜文，都湊過來看。

大相國寺委託管菜園僧人魯智深來做住持，不許閒雜人等進入。

魯智深是什麼鬼？

等他來了，咱們假裝尊敬他，趁他不備，抱住他的腿往糞窖裡扔。

對！叫他吃大便！

魯智深來到菜園上任，東瞧西望，看見了這群潑皮。
他們拿著禮物，笑嘻嘻地湊過來。

大和尚，聽說您來當住持，我們賀喜來了。

對，這是送您的禮物。

趕緊給我看看是啥禮物。

魯智深沒有防備，走到了糞窖邊上。那夥潑皮見魯智深放鬆警惕，心裡十分高興。張三和李四互相使了個眼色，一起來抱魯智深的大腿。

只見魯智深抬起右腳，一腳把李四踢下糞窖。張三要走，魯智深左腳一個飛踹，把他也踢進了糞窖。

那二、三十個潑皮看事情不好，都想溜之大吉，魯智深大吼一聲，立刻把他們都震懾住了。

衆人都不敢走，張三和李四在糞窖裡不住地求饒。

倒拔垂楊柳

魯智深把這些人教訓得心服口服，他們再也不敢造次。第二天，張三和李四還籌了些錢財，買了十瓶酒，牽了一頭豬，來請魯智深吃飯。

大家開懷暢飲，魯智深心裡很高興。忽然聽見門外牆角樹上有烏鴉的叫聲。

107

魯智深乘著酒興，走到那棵樹下，仔細打量了一番。
然後，他把外衣脫了，半蹲下，雙手抱緊了樹身。魯
智深一聲大喊，一下子就把那棵楊樹給連根拔了起
來。眾人驚得目瞪口呆，紛紛拜倒在地。

從此以後，這夥人對魯智深更是佩服不已。經常過來請魯智深吃飯，看他演練武藝。

這麼吃吃喝喝地過了好多天，魯智深也想回請這些潑皮一頓。於是叫人置辦了酒席，酒肉都很豐盛，大家在樹下野餐。

師父，給我們練練兵器吧。

對，我們也好開開眼界。

去給我拿禪杖！

魯智深把禪杖拿出來，這禪杖重六十二斤，一般人是
揮舞不動的。魯智深舞得虎虎生風，眾人驚歎不已。
正在這時，牆外一個官人看見這場景，也跟著大聲喝
彩。

好！

魯智深問眾人，喝彩的人是誰。張三告訴魯智深，此
人是八十萬禁軍槍棒教頭林沖。魯智深一聽，趕緊邀
請林沖過來相見。

我以前就
聽說過你。

那還等什麼啊，
過來喝點！沒有什麼
朋友是一頓酒交
不了的。

幸會幸會！

林沖

林沖跳過牆頭，兩個人把酒言歡，越說越投機。於是，二人馬上結拜成了兄弟。

咱兄弟倆以後有事互相幫助，你的事就是我的事！

正喝酒間，丫鬟跑來報信，說林沖的娘子在五嶽樓前被地痞無賴糾纏。林沖一聽趕緊跑去解救。

不好了……

兄弟，我先告辭。

沒事兒，我馬上召集人馬殺過去。

丫鬟

原來林娘子被高俅的乾兒子高衙ㄋ內糾纏，正在無路
可走的時候，林沖趕到。

林沖怒不可遏，衝上去一把抓住高衙內，剛要動手時，認出了對方是誰。

林沖一看是自己頂頭上司的乾兒子，只能饒過了高衙內。魯智深拎著禪杖趕來助陣，卻撲了個空。

再說這高衙內，雖然沒挨揍，但心裡挺不高興。他手
下一個混混叫富安，明白高衙內的心思。

富安
您是為林沖的事發愁吧？

你怎麼知道呢？

林沖有個好朋友叫
陸虞侯，咱們如
此這般……

好，這計策真好！

富安找來了陸虞侯，叫他約林沖出來喝酒，然後算計
林娘子。陸虞侯一直想巴結高衙內，一聽這話馬上答
應了下來。

嘻嘻，
我在我爹面前多說
你倆好話。

這事交給我辦，
您放心吧。

陸虞侯

三個人開始分頭行動，陸虞候假裝請林沖去酒樓喝酒。

富安見林沖出門了，趕緊派人去林沖家裡報信，謊稱林沖生病摔倒了。林娘子一聽心裡十分著急，跟著報信人就走了。

林娘子被帶到了陸虞候家裡，高衙內早就等在這裡了。林娘子見態勢不妙，想要走的時候卻被高衙內困住。丫鬟慌忙出去找林沖求救。

林沖下樓辦事，正遇到急匆匆的丫鬟。

林沖一聽大怒，他跟著丫鬟直奔陸虞侯家。他剛到樓下，就聽到娘子在呼救，林沖大步衝上樓去。高衙內嚇得魂飛魄散，跳後窗逃走了。

林沖見高衙內跑了，把陸虞侯的家砸個稀巴爛。陸虞侯早就嚇得躲了起來，不敢回家。

林沖連續幾天都找不到陸虞侯，心裡的怒氣不能消解，幸好有魯智深過來陪他喝酒。

眾奸佞算計豹子頭

這高衙內逃回府裡，又驚又怕，就這麼一病不起。富安和陸虞候前來探望，又開始給高衙內出主意。

給高俅管事的老都管聽說高衙內病了，前來探望。富安和陸虞候趕緊添油加醋，說了很多林沖的壞話。

那林沖太不像話了，兩次毆打衙內，衙內這病就是被他嚇的。

那林娘子也不像話，兩次拒絕衙內，衙內這就是相思病。

你倆心地真是善良，林沖這兩口子太歹毒了！

老都管

老都管回到府上，把事情稟報給了高俅高太尉。

去把富安和陸虞候叫來。

高俅

高俅面對自己混蛋乾兒子的無法無天，非但不去制止，還助紂為虐，竟然召集富安和陸虞候想辦法設計陷害林沖。

再說林沖這邊，這麼多日子也逮不著陸虞侯，他的火氣也就小了。這一天，他在巷口看見一個大漢正在賣一口寶刀。

林沖得了寶刀，愛不釋手。

第二天，門口來了兩個差役要見林沖。

林沖跟隨兩個差役進了太尉府，來到廳前，林沖不見
高太尉，停住了腳。

林沖跟隨兩個差役轉入屏風，一直到了後堂，來到一
處周圍都是綠欄杆的地方。

林沖拿著寶刀，站在屋簷下等待，過了半天也不見高太尉出來。林沖心裡納悶，掀開門簾往裡瞧，結果一眼看到「白虎節堂」四個大字，林沖嚇得倒吸一口冷氣。

哎呀，這是商議軍機大事的地方，我不能待在這裡啊！

林沖反應還是慢了，只聽外面腳步聲四起，高俅已經進了門。

林沖，你私闖白虎節堂，是來刺殺本官的嗎？

來人！拿下刺客！

不是……

高俅一聲大喝，一下子衝出二、三十人，把林沖綁了
起來，林沖拼命掙扎喊冤。

就這樣，林沖被押到開封府尹那裡。高俅暗示府尹除
掉林沖，那開封府尹覺得證據不足，尤其那兩個冒充
的差役一直沒有到案，因此這案子就還有迴旋餘地。

高俅心裡也清楚自己理虧，所以就依了開封府尹的判決。林沖被打了二十杖，刺配滄州道。

127

高俅的歷史真面目

　　高俅的身世是一個謎團。他曾任太尉（相當於國家最高軍事長官），可謂位高權重，可是史書裡居然沒有他的個人傳記，相關記載也寥寥無幾。他的經歷都只能在野史筆記中看到些零星記錄。

　　高俅出身不詳，他進入大家視野的第一個身份是大文學家蘇軾身邊的書童。後來蘇軾外調中山府任職時就把高俅送給了駙馬王詵（字晉卿，娶蜀國長公主，拜駙馬都尉）。一個偶然的機會，高俅奉王駙馬之命送禮物給端王，因為毬踢得好，得到端王賞識，成了端王親信。幾個月後，端王即位，也就是徽宗皇帝。之後在徽宗的一番操作下高俅很快平步青雲，父親、兄弟子侄也陡然而貴。小說《水滸傳》完整保留了高俅的這一段發跡經歷。

　　不過真實的高俅並不像小說寫的那樣無能，除了踢毬一無是處。他寫的一手好字，有一定的文學功底，還喜歡舞槍弄棒，有武功基礎，加上為人乖巧，善於逢迎，才深得徽宗信任。

　　歷史上高俅的黑料其實並不多，甚至有些記載還對他的「知恩圖報」等行為頗為讚賞。他最大的「惡」恐怕就是身為最高軍事長官卻不懂軍事。在負責管理禁軍時，高俅只顧炫弄花拳繡腿討徽宗歡心，實際上卻是軍紀廢弛，訓練荒廢，軍人都被調去為他幹私活了，以致於金軍兵臨城下時，幾十萬禁軍竟作鳥獸散。

衙內稱呼的由來

　　高俅的螟蛉之子，人稱高衙內，正是將林沖逼上梁山的罪魁禍首。而衙內是當時人對官員之子的常用稱呼，在宋代以後的文學作品中十分常見。那麼這個稱呼是怎麼來的呢？

　　衙內一詞原本是官職名，最初寫作「牙內」。古代天子或將帥外出所用的大旗上裝飾有象牙，因而稱「牙旗」，以此類推，將帥所在的軍帳稱為「牙帳」，帥府裡的大小將官也稱為「牙將」。五代十國時期，藩鎮林立，到處是軍府帥帳，軍閥們就將他們貼身的親衛官稱為「牙內指揮使」、「牙內都指揮使」等。因為當時「牙內指揮使」等職務多由將帥的兒子擔任，於是「牙內」一詞逐漸發展為對官員兒子的通稱。而且由於「牙」、「衙」常被混用，故而又寫作「衙內」，北宋後逐漸統一作「衙內」。

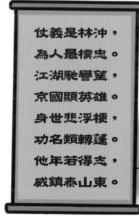

仗義是林沖，
為人最樸忠。
江湖馳響望，
京國顯英雄。
身世悲浮梗，
功名類轉蓬。
他年若得志，
威鎮泰山東。

林沖

被逼上梁山的林沖

星名：天雄星

座次：6

綽號：豹子頭

職業：八十萬禁軍槍棒教頭

武器：棍棒、花槍

梁山職司：馬軍五虎將第二位

外貌：三十四五年紀，八尺長短身材，
　　　豹頭環眼，燕頷虎鬚，相貌威武。

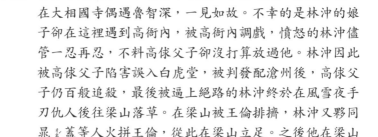

林沖

主要事蹟：林沖本是東京八十萬禁軍教頭，事業有成，家庭幸福。
　　　　　在大相國寺偶遇魯智深，一見如故。不幸的是林沖的娘
　　　　　子卻在這裡遇到高衙內，被高衙內調戲，憤怒的林沖儘
　　　　　管一忍再忍，不料高俅父子卻沒打算放過他。林沖因此
　　　　　被高俅父子陷害誤入白虎堂，被判發配滄州後，高俅父
　　　　　子仍百般追殺，最後被逼上絕路的林沖終於在風雪夜手
　　　　　刃仇人後往梁山落草。在梁山被王倫排擠，林沖又夥同
　　　　　晁蓋等人火拼王倫，從此在梁山立足。之後他在梁山
　　　　　的歷次征戰中屢立戰功，生擒扈三娘，迎戰呼延灼，活
　　　　　捉密雲守將阿里奇，征王慶時斬殺主將張壽。但在平方
　　　　　臘一役後隨大軍班師途中得了風癱，半年後去世。

人物評價：林沖不是一個英雄，而是一個只想安穩生活的普通人，
　　　　　殘酷現實的步步緊逼讓他不得已落草為寇。面對高俅父
　　　　　子的侮辱、陷害，投靠梁山時王倫的百般刁難、冷遇，
　　　　　他都只想「忍一時風平浪靜」，直到退無可退時才憤而
　　　　　反抗。

林沖自然是上上人物，
寫得只是太狠。看他算得到，熬得
住，把得牢，做得徹，都使人怕。
這般人在世上，定做得事業來，
然琢削元氣也不少。

金聖嘆

第 5 章

大鬧野豬林

✿ 林沖刺配發滄州 ✿

話說林沖被高俅陷害，被判發配到滄州。得知消息以後，林娘子和岳丈前來送行。

負責押送林沖的兩位官差一個叫董超，一個叫薛霸。

接到了出差任務，董超和薛霸分頭回家收拾東西。

董超正在家裡忙活，巷口酒店的酒保前來敲門。

不認識啊。你去了就知道了。

董爺，有個官人在店裡要請你吃飯呢。

是誰？

董超跟著酒保來到酒店，發現一桌子豐盛的飯菜都擺好了，原來等他的這個人正是陸虞侯。

您是哪位？

稍後我再自我介紹。我叫酒保把薛霸也請來，咱們一起喝酒。

不一會兒，薛霸也樂顛顛地趕來喝酒了，陸虞侯這才亮明身份。

董超和薛霸一聽是陸虞侯，趕緊溜鬚拍馬巴結他。陸虞侯從袖子裡取出十兩金子來，放在桌子上。

兩個人聽說金子是給他們的，欣喜若狂。陸虞侯跟董超、薛霸說了實話，意思是林沖得罪了高太尉，高太尉很生氣，所以送來了十兩金子，麻煩他們教訓林沖。

 無功不受祿啊！

只要給錢，我們就給你辦事。

 這林沖無惡不作，自己的娘子也不肯讓給高衙內，太尉很生氣！

這好辦，明天我們哥兒倆揍林沖一頓。

 對，專往疼的地方打。

那不行，太尉的意思是得要了他的命！

董超和薛霸一聽，這是人命關天的事情，這個可不好辦。

多大的仇啊？

真要下死手啊？

其實這個事情好辦，你們找個僻靜的地方，把林沖弄死，回來報告一聲就好了。

兩個人沉思著，董超先表態了，他覺得林沖年紀並不大，而且殺人以後也沒有理由交代啊。

在兩個人的勸說下，董超也下定了決心。三個人挺高興，吃飽喝足以後各自告別。

惡官差毒虐林沖

第二天，董超和薛霸取了行李，拿了木棍，來到牢房帶著林沖上路。

六月的天氣，驕陽似火，林沖臨走的時候還挨了一頓
大棒。一開始的時候，身上的傷勢還好，走了兩天，
他的棒傷開始發作，走路也艱難起來。

董超和薛霸不斷在身後催促，林沖只能忍氣吞聲。

這天晚上三個人投宿在一家客店裡，兩個官差態度不好，林沖趕緊自己取了些碎銀兩，叫店小二買酒肉款待二位。

有啥好吃的儘管上，這位爺請客。

對，不吃白不吃，白吃誰不吃。

董超和薛霸把林沖灌醉，林沖戴著枷鎖倒在一邊睡著了。

老董，咱們治治這小子！

沒問題。

薛霸去燒了一鍋開水，倒在洗腳盆裡，假裝過來給林沖洗腳。林沖還在熟睡，薛霸抓起林沖的腳就往開水裡泡。

啊，燙死我了！

林教頭，你試試水溫合適嗎？

哈哈，好玩。

林沖的腳被開水燙得馬上紅腫起來，疼得不住大叫。薛霸非但不賠禮道歉，嘴裡還埋怨起來。

真是把我的好心當成了驢肝肺！

哪有官差給犯人洗腳的，這服務多到位啊。

睡到四更天，養足了精神的薛霸就起來折騰林沖了。
林沖被喊醒，吃不下東西，走路又走不動，薛霸卻拿
著棍子要求趕緊動身。

咱們趁著沒出
太陽，趕緊走吧，
省得你又嫌熱。

我鞋子呢？

薛霸藏起了林沖舒適的舊鞋子，拿了一雙新的草鞋給
他穿。林沖的腳上都是被燙的大水泡，這新鞋穿上難
走路。

嘿，這就是
傳說中的穿
小鞋吧。

林沖跟著董超、薛霸才走了三里路，腳上的水泡就被
新草鞋給磨破了，鮮血淋漓。只是林沖強忍疼痛，又
堅持走了四、五里，眼前正好是一片樹林。

三個人來到了樹林裡，解下行李，都放在了樹底下。
林沖剛要歇息，董超和薛霸就說要把林沖綁起來。

綁我幹什麼？

我們倆要是睡著了，
你跑了怎麼辦？

是，我們不放心啊。

你們看我的腳，這還能跑嗎？

薛霸從腰裡解下繩子來，不由分說把林沖綁在了樹
上。

行，我依著
你們。

這就對了。

見林沖被結結實實地綁好了，董超和薛霸馬上翻臉了。

董超和薛霸原形畢露，舉起棍棒要了結林沖性命。

林沖一聽淚如雨下，向二位官差哀求放過一命。
薛霸不理，舉起木棍就朝林沖腦袋砸了下來。林沖眼
睛一閉，只能等死。

說得有點心動了，老薛，快點打吧。

對，人家給金子了，必須殺了他。

你們二位放過我，我會報答你們的。

說時遲，那時快，薛霸的木棍往下一落，只見松樹背
後飛出一條禪杖來，把那棍子攔住，薛霸一下子就被
震飛了。

什麼東西啊？這麼厲害！

啊！金光一閃，亮瞎了我的眼！

魯智深大鬧野豬林

董超和薛霸還沒回過神來，魯智深已經站在眼前。林沖也睜開了眼睛，認出了自己的結拜兄弟。

這倆官差怎麼是魯智深的對手啊，魯智深拳打腳踢，
把董超和薛霸打倒在地。

要不是林沖求情，魯智深第一時間就把董超和薛霸給
殺了。

魯智深揍完了倆官差，叫他們趕緊給林沖鬆綁。

趕緊給我大哥鬆綁啊。

好好好。

從來沒挨過這樣的胖揍，疼死我了。

魯智深越看倆官差越生氣，抄起禪杖又要殺了他們，林沖勸住魯智深。

都是高太尉派陸虞侯來加害我，他們倆不聽肯定也沒好果子吃。你要是把帳都算在他們頭上，也是冤枉了他們。

是，我們也是沒辦法。

眼看著魯智深消氣了，董超和薛霸的心才落地，連忙
積極討好起來。

哥哥，自從你吃了官司，我就知道消息了，一直暗中觀察，早就看出這倆小子沒安好心。

爺爺高明，高明。

魯智深看出了端倪，就一路跟隨他們。那天在客店聽到薛霸用開水燙了林沖的腳，氣得差點衝進去殺了他們。

不行，衝動是魔鬼。在此處殺了他們，人太多也不好走脫。

於是，魯智深就提前出門，先在野豬林裡等候。
講完事情的經過，林沖非常感動，兄弟二人情到深處，抱頭痛哭。

對對，大難不死，必有後福。

這不是沒事兒嗎，兩位別哭啊。

閉嘴！我現在就把你倆剁成肉醬。

嗚嗚嗚——

林沖再三求情，魯智深才沒剁了董超和薛霸。不過，
兩位官差這回有活兒幹了，兩個人輪流背著林沖趕
路。

接下來的路程，一直是四個人結伴同行。到了一家酒
店，魯智深提議進去吃酒。二位官差哪敢不同意，趕
忙殷勤地進了酒店。

席間，董超和薛霸試探著詢問魯智深的情況。

兩個官差再不敢多問，嚇得趕緊伺候魯智深和林沖吃飽喝足。

幾人重新上路，魯智深還沒有要走的意思。林沖問他什麼打算，魯智深說放心不下，要一直陪林沖到滄州。

董超和薛霸二人偷著商議，先保住性命要緊。

回去咱們就實話實說吧，金子趕緊退回去，咱們沒這個發財命啊。

我聽說大相國寺的菜園子新來了個僧人，是不是這小子啊。

魯智深一直跟著他們往滄州走，這倆官差每天累得疲於奔命，稍不小心就要被魯智深一頓毒打。

早知現在—

何必當初！

自己腳上的泡—

自己走出來的。

趕緊走啊！

就這樣一直走了十七八天，馬上就要到滄州了。魯智深見沒什麼事了，就表示自己要走了。

魯智深為了教訓一下董超和薛霸，掄起禪杖，把路邊一棵松樹齊齊地砍斷了，嚇得二人面如死灰，瑟瑟發抖。

知道什麼意思嗎？

爺爺，我不敢再有壞心了。

我舌頭都縮不回去了。

魯智深大步而去，嚇得董超、薛霸背起林沖繼續趕路，再不敢起殺人的壞心。書中暗表，這倆官差這次雖然平安無事，但後來在押解盧俊義的路上再起壞心，被燕青給弄死了。

野豬林的教訓太深刻了，我們再堅持堅持就勝利了。

二位，我還是自己走路吧。

別，我們不累。

滄州是如何成為發配地的

林沖被高俅父子陷害最終發配滄州。事實上，發配滄州是《水滸傳》中常見的懲罰之一，之後武松、朱仝等水滸英雄都曾被判發配滄州。不過其實以滄州作為發配地並無明確的歷史記載。

宋朝建國之初，延續五代時的舊制，主要以西北邊陲如秦州（今甘肅天水）、靈武（今寧夏靈武）、通遠軍（今甘肅隴西）為犯人的發配地，本意是為了鞏固西北邊防，不料許多犯人卻趁機逃往塞外，反而增強了敵國的力量。於是宋太宗下詔不再以秦州等地為發配地，改將犯人發配到南方海島，如登州沙門島（今山東蓬萊長島）、通州海島（今上海崇明島）以及海南島等。至於滄州，當時隸屬河北東路河間府，而河北東路在北宋並不在發配地之列。

因此，以滄州為主要發配地恐怕出自於《水滸傳》作者的想像，不過這個想像也不是毫無根據。宋朝統治者選擇發配地以遠惡為首要條件，即地理位置偏遠、環境惡劣，而當時的滄州地處宋遼邊境，而且在渤海荒灘，多為鹽鹼地，土地貧瘠，生存環境惡劣，如此種種也確實符合流配地的基本條件。

請問施先生，您來過滄州嗎？怎能如此抹黑我？

這也怪不得我啊，你的條件很合適嘛！

滄州代言人

施耐庵

流放和發配

隋唐之後，國家設有五刑：笞、杖、徒、流、死，而流刑也就是我們所俗稱的流放或者發配。

流刑在先秦時期已見雛形，當時稱「流」、「放」或「竄」，其實類似於一種政治軟禁，吃喝無憂，只是讓人閉門思過。

到唐代流刑正式成為五刑之一。按照距離遠近，流刑分為三等：二千里、二千五百里、三千里，即刑罰越重，流放的距離越遠。罪犯到流放地後，只須服役一年，就可以在當地自由生活了。流放期限一般是六年，六年後就可以回到原籍，也可以選擇留在當地。當然如果遇到大赦，也可以提前返鄉。重刑犯則須待滿十年甚至終身不得返鄉。

到了宋代，統治者認為流刑的懲治力度不夠，於是在延續唐代流刑制度基礎上，又設刺配刑罰，犯人先接受杖刑，被打二十大板，打得皮開肉綻後再被刺面，在臉上或耳朵後刺上「配XX州」等字眼，最後才被發配到流放地服役。宋代統治者把刺配視為死罪的減刑，因此它相對流刑來說屬於較重的刑罰。如此看來，在宋代，流放和發配尤其是刺配並不完全是一回事。

兄弟，那高俅父子如此害你，你為什麼不逃跑呢？

臉上刺著字呢，走到哪裡都自帶通緝令，可怎麼逃得掉？

魯智深

林沖

浪子燕青

星名：天巧星

座次：36

綽號：浪子

身份：盧俊義心腹

武器：川弩、杆棒

相貌：「六尺以上身材，二十四五年紀，三牙掩口細髯，十分腰細膀闊。」、「唇若塗朱，睛如點漆，面似堆瓊。有出人英武，凌雲志氣。」

梁山職司：步軍頭領第六位

主要事蹟：燕青睿智，當他的主人盧俊義被吳用哄騙、被李固陷害時，燕青都一眼看破並極力提醒勸阻。燕青仗義，一意孤行的盧俊義陷入困境時也是燕青及時營救。燕青武力超群，擊敗擎天柱任原，靠相撲打敗高俅，攻打東昌府時，用箭射中張清戰馬救下郝思文。燕青口齒伶俐、人情練達，陪同宋江潛入東京見李師師，並得以面見宋徽宗轉達宋江招安之意，又去見宿太尉極力幹旋促成招安。之後燕青征遼時隨盧俊義攻破太乙混天象陣，征田虎時獻三晉圖，征王慶時搭建浮橋、保全了交戰失利的盧俊義大軍，征方臘時假意投降方臘為內應，展現了他出色的軍事才能。最後征方臘勝利後的班師途中，看透世情的燕青又力勸盧俊義辭官歸隱，盧俊義不肯，燕青隻身離去，得以全身而退。

人物評價：《水滸傳》裡的燕青是一個接近完美的人，有情有義，有才能更有大智慧，在梁山好漢隊伍中，看去毫不張揚，又處處難掩其光芒。

> 「燕青忠其主，敏於事，絕其技，全於害，似有大學問、大經濟、堪作救時宰相，非梁山泊人物可以比擬也。」——陳忱（明末清初作家，著有《水滸後傳》一書）。

第6章

逼上梁山

流放滄洲冤仇未了

話說董超、薛霸二人把林沖押解到滄州牢城營內，就回東京去了。林沖在牢房跟獄友聊天，說起管事的管營和差撥的為人來。

了解情況以後，林沖心裡有了數。差撥進來態度蠻橫，林沖趕緊賠著笑臉拿出五兩銀子來。

有錢能使鬼推磨，林沖的銀子起到了作用，管營和差撥對林沖不再橫眉冷對。

林沖拿錢賄賂了管營和差撥，不但沒挨一百殺威棒，管營和差撥還給他安排了一個好活兒。他們每天叫林沖住在天王堂裡燒香掃地，很是清閒。

你看，錢沒白花吧？你講究，咱們也講究。

你這待遇不低啊，要學會感恩。

感恩的心，感恩有你倆……

有一天林沖在路上，突然聽到有人喊他姓名。林沖停下來，認出喊他的人叫李小二，以前在東京的時候林沖救濟過他。

恩人，您為什麼來這了呢？

唉，我在東京被高俅陷害，才流落至此。

李小二

李小二知恩圖報，把林沖請到家裡，好酒好菜招待他。

自從得到恩公的救濟以後，我就來到滄州，在一家酒館做事。主人見我勤快，就招我做了女婿。

如今我們夫妻經營小酒館，恩公有什麼需要，我們一定盡力幫忙。

李小二妻子

轉眼已經到了初冬，林沖的棉衣棉襖都是李小二夫妻縫製的。

多謝！

一天，李小二正在做生意，進來兩個軍官打扮的人來。

勞煩你去牢城把管營和差撥請來，我們要商量事情。

二位客官要請客？

其他不要多問，少不了你的銀子。

富安

陸虞侯

李小二應承下來，趕緊到牢城裡，去請管營和差撥。

請客的人不肯說出他們是誰。

那就直接去吃。

對，多整幾個好菜。

管營和差撥到了酒店，他們也不認識兩個軍官打扮的人。領頭的人把一封書信拿了出來。李小二想探個究竟，不料被他們趕了出來。

李小二聽到高太尉三個字，心裡就犯了嘀咕。這兩個人是東京口音，會不會跟林沖有關。於是，他就多了個心眼，叫妻子趁著送菜的機會進去聽聽他們說些什麼。

來了，醬牛肉二斤，熱騰騰的。

你先出去吧！

高太尉有話要說……

我看那個軍官給了管營和差撥一些金銀，差撥還說，好歹要結果了他性命。

哎呀！難道真跟林教頭有關……

四個人吃完酒菜走了，李小二還沒去找林沖報信，林沖已經進了酒店。

李小二拉著林沖，把事情前後經過一說，林沖也警惕起來，趕緊打聽那兩個軍官打扮的人長得什麼模樣。

一個是五短身材，三十多歲，挺白淨的一個人。

是陸虞侯，這狗東西追著來害我！

另外那個臉黑裡帶紅，個子不高。

是富安那個壞蛋！

林沖一聽怒火中燒，離開了李小二家的酒店，到街上買了把尖刀，開始到處尋找陸虞侯和富安。李小二夫妻爲林沖捏了一把汗。

我要殺了他們！

息怒啊，息怒。

林沖一晚上都沒睡好，第二天早上起來，洗漱完畢，又帶著刀尋找。結果找了一天，也沒見到陸虞侯和富安的影子。在街上找了五天也沒找到人，林沖的怒氣也消了不少。

恩公多加小心就是了。

🌀 林教頭風雪山神廟 🌀

到了第六天，管營叫林沖前去說話。

林沖嘴上答應，心裡卻疑惑起來。李小二夫妻勸林沖別多想，有個好差事比啥都強。

林沖離開天王堂，帶了一條花槍，直奔草料場而去。那時候正是寒冬時節，烏雲密佈，冷風凜冽，紛紛揚揚的大雪下了起來。

宇宙樓臺都壓倒，
長空飄絮飛綿。

好大一場雪！

草料場

林沖跟原來看草料場的老軍頭進行了工作交接。老軍頭告訴林沖，如果想買酒吃，就去五里開外的地方買。還給林沖留下一個裝酒的大葫蘆。

老軍走了，剩下林沖一個人。他整理好包裹，生起火來。林沖發現草屋年久失修，被寒風吹得直往下掉土。

林沖想起老軍頭說附近有賣酒的，就在包裡找了些碎銀子，用花槍挑著酒葫蘆，把火炭蓋好，取了帽子戴上。他鎖上草料場的大門，朝著東邊而去。

林沖來到一家酒館，店家認得這酒葫蘆，於是熱情招待林沖。店家切了一盤熟牛肉，燙好了一壺燒酒，請林沖慢用。

林沖吃完，又買了些牛肉和一葫蘆酒，留下碎銀子，
用花槍挑了酒葫蘆回到草料場。

林沖踏著瑞雪，迎著北風，很快回到了住處。進門一
看，立刻叫苦不迭，原來那兩間草屋已經被大雪壓
塌了。

林沖趕緊放下花槍和酒葫蘆，只見火盆內的炭火都被雪水浸滅了，床也被大雪埋了，他翻了半天，只拽出一條被子來。

對了，回來的路上看到一座小廟，就去那住一晚上吧。

林沖卷了被子，花槍上挑著酒葫蘆，依舊把門鎖了，直奔那古廟而去。

請問佛祖在家嗎？

陸虞侯火燒草料場

林沖在古廟裡簡單收拾一下，一下子睡意沒了。他打開酒葫蘆喝酒，取出牛肉吃了起來。正吃的時候，聽到外面有異響。林沖納悶，起身從門縫往外一看，頓時大吃一驚。

只見草料場燃起熊熊大火，林沖倒吸一口冷氣，暗想這要是住在草料場，小命算是不保了。

真是太險了！

林沖也沒多想，正打算開門出去救火，忽然聽到外面有人說話。林沖在廟裡偷聽，是三個人的腳步聲，而且直奔古廟而來。

多麼熟悉的聲音！

這三人正是陸虞侯、富安和牢城內的差撥。林沖怒火中燒，耐著性子聽他們三人在議論。

真是條妙計，這下林沖的骨頭渣子都得燒沒了。

那可不行，得留兩根骨頭，咱們好領賞。

嘿嘿，我點了十來個火把，林沖就是有翅膀也飛不出去，哈哈。

林沖怒不可遏，心想這三個壞蛋真是壞事做盡，要不是老天可憐我，我早被他們害死了。林沖輕輕把廟門推開，大喝一聲衝了出去。
三個人揉揉眼睛，不敢相信這是真的。可是林沖就活生生站在他們面前，三個人都驚得呆住了。

潑賊找死！

哪是骨頭啊，是林沖沒死。

火挺大的啊？居然沒燒到他？

什麼情況？怎麼剩下這麼大一塊骨頭？

林沖提起花槍直奔三人而去，差撥一看嚇得轉身就
跑，被林沖一槍刺倒。

陸虞侯和富安嚇得大喊饒命，倆人分頭跑開。林沖瞅
準了富安，一槍刺透後心，富安一命嗚呼。

只剩下陸虞侯一個人了，林沖轉身去追。陸虞侯沒跑出多遠，就被林沖追上。

陸虞侯根本不是林沖對手，一個回合就被打翻在地。

陸虞侯還想用友情牌感化林沖。

林沖一刀殺了作惡多端的陸虞侯，他提了槍，向著東邊而去。

柴大官人引薦梁山

走了很久，林沖感覺身上寒冷不已。離草料場已經很遠了，只見前面樹林深處有幾間草屋。林沖推門進去，看見屋子裡坐著一個老莊家和四五個小夥計。

林沖不一會兒就烤乾了衣服，轉眼肚子餓了。看見地上有酒肉，林沖就想買些來吃。

賣我點酒肉吃吧。

我們是每夜輪流看米囤的，這點酒肉我們還不夠吃呢，不賣！

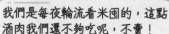

賣我點吧，我太餓了。

嘿，你這個人得寸進尺，讓你烤火，你還想喝酒。

林沖和這些人爭吵起來，老莊家看自己人多勢眾，不把林沖放在眼裡。林沖把他們暴打一頓，眾莊客狼狽逃竄，林沖索性坐下大吃大喝。

林沖心裡鬱悶，酒喝得多了，有了醉意。林沖提槍出門一腳深一腳淺，跟ㄅㄧㄣ跟蹌ㄘㄨㄤ蹌地往前走。走了不到一里路，冷風一吹，林沖醉倒在雪地裡。

被打散的莊客回莊找來了二十多人，趕到草屋後不見林沖，就尋著蹤跡追趕，發現林沖躺在地上，衝上去把林沖五花大綁起來。

這些莊客把林沖押送到一個莊院，吊在門樓下。天亮的時候林沖醒酒了。

這是哪？我怎麼在這？

嘿，你揍我們一頓，還裝起了糊塗。

對，你還吃了我們的酒肉呢。

我怎麼沒印象呢。

老莊家氣壞了，命令大家使勁打，林沖被綁著掙扎不得。

正在吵嚷的時候，大官人回來了，這人正是柴進。看到被綁的是林沖，柴進趕緊制止眾人。

停，停，我賠你們銀子行嗎？

大官人快救我！

別打，這是林教頭啊。

柴進

不行，你把我鬍子都給燒沒了，必須揍你。

柴進叫人給林沖鬆綁，讓他到屋裡說話。林沖把前後
經過都跟柴進說了。
這裡是柴進的東莊，柴進叫莊客給林沖換了新衣服，
還安排了酒菜款待他。

他們害我不成，都是老天可憐我啊。

林教頭這命確實不好，你先在我這住著，咱們慢慢想辦法。

滄州牢城營裡的管營發現林沖殺死了差撥、陸虞侯和
富安三人，還燒毀了草料場，趕緊上報給官府。官府
隨後張貼緝捕佈告，懸賞捉拿林沖。
林沖在柴進的東莊躲避，每天如坐針氈^{ㄓㄢ}。他很講義
氣，生怕連累柴進，於是主動去找柴進，表示自己要
離開此地。

大官人，我不能連累你啊。

林教頭，我給你介紹個去處吧。

柴進將林沖推薦到山東濟州的一個水鄉，地名叫做「梁山泊」，如今有三個好漢在那裡紮寨。柴進寫了一封書信作為引薦，叫林沖去投奔梁山。

為頭的好漢喚作「白衣秀士」王倫，第二個喚作「摸著天」杜遷，第三個喚作「雲裡金剛」宋萬。三個好漢聚集著七八百小嘍囉，你拿著我的書信就可以了。

多謝大官人，林沖感激不盡。那我去投奔梁山啦！

梁山泊在哪裡?

林沖最後被逼上梁山,而梁山泊是水滸英雄最後的避難所,最終也成了他們發起轟轟烈烈的反抗鬥爭的地方。那麼梁山泊在哪裡,今天的梁山泊還是原來的樣子嗎?

根據小說描寫,梁山泊是濟州府治下的一個水鄉。今山東梁山縣境內有梁山,向東與泰山相連,向西一直綿延至現在的北京一帶。小說所寫梁山應即此梁山。根據歷史記載,梁山,本來名良山,西漢時因漢文帝的次子梁孝王劉武曾來此山遊獵,死後又葬在此處,於是將「良山」改為「梁山」以示紀念。

梁山的今昔變化並不大,可是圍繞著它的水泊現在早已蕩然無存。梁山水泊是汶水(今大汶河)與濟水(古河流,現已消失)在梁山東北會合形成的,水泊面積本來並不大。西元994年到西元1077年間,黃河三次決堤,大水都匯積於此,才使梁山周圍水泊的面積越來越大,小說讚歎梁山泊的勝景:「周回港汊數千條,四方周圍八百里。」水泊八百里雖然略有誇張,但梁山泊面積最大的時候也曾達到五百里,水波浩瀚,若無邊際。

不過由於黃河攜帶了大量泥沙進入水泊,梁山周圍地勢逐漸增高導致黃河改道,水泊面積也逐漸縮減。明末清初時顧炎武來此考察時,梁山泊就已經完全變成耕地了。

管營和差撥

　　林沖被逼上梁山，除了始作俑者陸虞侯、富安，滄州牢營的管營和差撥從中聯絡，恐怕也發揮了很大作用。不止林沖，武松、宋江等在被發配時也都曾被他們盤剝。可見，管營和差撥雖然品級很低，權力可不小。

　　管營就是古代邊遠地區管理徒流充軍罪犯的官吏，相當於現在的典獄長。差撥則是指負責管理囚犯的差役頭目，相當於現在的獄卒。管營和差撥其實都是根本就沒有品級的小官。武松的故事裡，蔣門神的後臺張團練只是一個八品的小官，而小管營施恩要奪回快活林卻只能向武松求助，說明離開牢城範圍，管營和差撥地位很低，影響力極其有限。

　　不過牢城內則完全是他們的勢力範圍，犯人的命運完全掌握在他們手裡。新來的犯人要是不送銀兩給他們，就會被一百殺威棒打得血肉淋漓甚至直接喪命。宋江被發配江州時，管營還曾責備宋江沒有送「常例」，可見除了剛來時的見面禮，犯人還要定期給他們送銀兩來換取在牢城內的平安。

在人屋簷下怎敢不低頭！

宋江

俺武松偏不服，這一身鐵骨，要打隨意！

武松

我送了銀子，奈何他們還是不放過我！

林沖

沒落皇族柴進

柴進

星名：天貴星

座次：10

綽號：小旋風

身份：後周皇裔

武器：槍、弓箭

梁山職司：掌管錢糧頭領

外貌：三十四五年紀，龍眉鳳目，皓齒朱唇，三縷掩口髭鬚。

主要事蹟：柴進出身皇族，是後周柴世宗柴榮的後代，手持宋太祖趙匡胤所賜丹書鐵券，看似有免死金牌護身，在那個亂世卻仍難自保。他仗義疏財，喜歡結交四方豪傑。高唐州知府高廉的妻舅殷天錫想要搶奪柴進叔叔柴皇城的花園，不堪欺辱的柴皇城氣憤而死，趕來救助叔叔的柴進也因李逵打死殷天錫而被捕，宋江聽聞消息後率軍攻打高唐州才救出柴進，就此沒落皇族柴進也被迫上梁山落草。之後在梁山歷次行動中都多有貢獻，尤其是征方臘時，柴進潛入方臘身邊為臥底，成功被招為駙馬，在破方臘戰役中發揮了關鍵作用。平方臘後柴進被封為橫海軍滄州都統制。因擔心為奸臣所不容，托疾辭官，回鄉自在生活，無疾而終。

人物評價：柴進出身高貴，家境優渥，卻廣交天下豪傑，可見並不甘心就此做個富貴閒人。看他舉薦林沖上梁山、保護被通緝的宋江，則其胸中自有一股憤懣不平之意，看似是被現實裏挾才上梁山落草，其實何嘗不是他內心早已選擇的路。

累代金枝玉葉，先朝鳳子龍孫。丹書鐵券護家門，萬里招賢名振。待客一團和氣，揮金滿面陽春。能文會武孟嘗君，小旋風聰明柴進。

第 7 章

楊志賣刀

白衣秀士娛林沖

在柴進的引薦之下，林沖歷盡艱辛來到了梁山泊。朱貴帶著林沖來到聚義廳，林沖抬頭一看，只見中間坐著王倫，左邊坐著杜遷，右邊坐著宋萬。

這位是東京八十萬禁軍教頭林沖，被高太尉陷害後刺配滄州。高太尉不肯放過他，火燒草料場，他險些丟了性命。林沖殺了三人，亡命天涯，柴大官人舉薦他來我們梁山入夥。

是的。

這……

王倫是個心胸狹隘的人，心想林沖這麼大的本事，要是留下來，恐怕對他不利。

「一山難容二虎」，不行，我得打發他走。

我可算是找到家的感覺了。

王倫心裡拿定主意，看完柴進的書信，擺上宴席招待林沖。酒過三巡，王倫叫小嘍囉拿來五十兩銀子。

您這是何意？

啊，我們這裡水淺，難以容得下你這條蛟龍，還是別耽誤你的前程，你吃完飯拿著錢去投奔別處吧。

林沖一聽趕緊表態，自己不是爲了錢財而來，就是想找個安身立命的地方。

我實在是走投無路才來梁山的。

我們這裡是小地方，你在這裡屈才啊……

193

見王倫想趕林沖走，其他三個人趕緊勸說。

林教頭的本事大，對咱們是好事。

大哥，咱不能不給柴大官人面子，人家對咱們有恩。

是，大哥這樣顯得咱們不講義氣，江湖好漢會笑掉大牙。

王倫一看大家全票反對自己趕走林沖，就心生一計。

林教頭，這還得看你的誠心，你得拿投名狀來。

什麼意思？

你得下山殺一個人，若三日之內沒有做到，休怪我不留你了。

林沖一聽只能應承下來，回到住處後悶悶不樂。

唉！想不到我林沖淪落到如此地步！

第二天，林沖吃過早飯，由一個小嘍囉引路下山，林沖躲在偏僻小路上等著行人過往。

別出聲，等人來。

唉，你說我彆扭不彆扭啊，在這等著殺人。

從早等到晚，林沖一個人也沒等來。那王倫心裡可高興了。

第二天，林沖又兩手空空一無所獲。

第三天，林沖憋氣上火地等了大半天，還是不見一個人影。眼看著天色漸晚，林沖心裡徹底放棄了。

林沖定睛一看，山路上果然走過來一個人。林沖心裡驚喜不已，大喝一聲跳了出來。那人見了，嚇得丟了擔子，一眨眼跑沒影了。

❧ 林沖落草梁山泊 ❧

小嘍囉挑著擔子上山去，林沖正懊惱間，那個跑了的
人拎著一把朴刀殺了回來。

林沖仔細打量對方，見那大漢生得威猛，尤其是臉上
有塊青痣。兩個人打了幾十個回合都不分勝負。

眼看著「二虎相爭，必有一傷」，王倫率領梁山各位首領趕過來拉架。林沖和大漢這才停止打鬥。

嗨，這倆倒楣蛋！

我乃林沖，你是何人？

我是三代將門之後，楊令公的孫子，我叫楊志。

你何故流落到此？

說多了都是眼淚。我中過武舉，負責押運花石綱，在黃河裡翻船，把花石綱掉進河裡去了。我不敢回京赴任，東躲西藏。這不聽說皇帝赦免了我的罪過嗎，就想去東京繼續找份工作。誰想到走到這兒，行李被你奪了。我全部的家當都在行李裡呢……

王倫一聽，知道這個漢子是「青面獸」楊志。於是，他熱情地邀請楊志上山寨吃酒。王倫不搭理林沖，不過，林沖總算長舒一口氣，看來王倫默許自己留在梁山泊了。

王倫邀請楊志來到聚義廳，大擺宴席招待。

酒至三巡，大家喝得高興，王倫開始邀請楊志留下入夥。

見楊志執意不肯留下入夥，王倫也只能作罷。第二天，王倫帶著眾人送別了楊志。這個時候，王倫才叫林沖坐上第四把交椅，幾個梁山好漢繼續打家劫舍。不過，這也為後面王倫和林沖的衝突埋下了隱患。

楊志賣刀汴京城

楊志辭別眾人，直奔東京而去。他一路上風塵僕僕，曉行夜宿，行走了數日，終於到了東京。

> 屬於我楊志的時代要來囉！

楊志躊$\scriptsize{躇}$躇$\scriptsize{躇}$滿志，找個家客店住下。他把帶來的金銀財寶全部拿了出來，打算去打點關係。

> 男人的事業需要投資，下手必須要狠點！

一連數日，楊志到處疏通關係，總算得到了去見高太尉的機會。

楊志滿心歡喜來見高太尉，高太尉看了楊志的履歷，勃然大怒。

楊志在高太尉這裡碰了一鼻子灰，挨了一頓臭罵後被趕了出來。

楊志氣悶又惱火，回到客店裡，心裡鬱悶至極。

楊志把錢財都花到了打點人際關係上，結果是「竹籃打水一場空」。現在他身無分文，連住店的錢都交不起了。

一分錢憋倒英雄漢啊！

楊志身上現在只剩下一口祖傳寶刀，實在是沒有辦法了，他只能把刀拿到街上賣掉。這樣可以換點銀子交上住店的錢，也弄點盤纏去投奔別處。

楊志拿著寶刀到了街上，插上草標叫賣。兩個時辰過去了，也沒人搭理他。

怎麼都不識貨呢？連問價錢的都沒有。

眼看著到晌午了，楊志拎著寶刀來到天漢州橋最熱鬧的地方去賣。

楊志剛到一會兒，只見兩邊的人都急忙跑到小巷內躲避。楊志很是納悶，不知道他們亂跑什麼。

楊志不知道發生了什麼事情，所以就站在原地沒動。
只見遠遠地走來一個黑大漢，一看就是喝多了，走路
搖搖晃晃的。

這人是京師有名的地痞，綽號叫「沒毛大蟲」牛二，一
天到晚沒事愛在街上打架鬥毆，遠近出名，開封府都
治不了他。所以滿城人都懼怕他三分，見到他就避之
不及。

牛二本來都走過去了，發現楊志站在原地沒動地方，
感覺奇怪。牛二停下來，走到楊志面前。

牛二一看楊志這態度，心想你這是不拿我當回事啊，
一把扯過寶刀。

牛二一聽楊志報價，頓時不樂意了，大聲呵斥楊志。

牛二說，別人的刀三百文就能買一把，切肉和豆腐都
挺好用的，你憑什麼說你的刀是寶刀呢？

楊志一看半天不開張，總算遇到一位搭話的，結果還是胡攪蠻纏的人。躲是躲不掉了，只能耐心解釋。

二哥，我這真是寶刀。

你要擺事實講道理，不能信口雌黃，我牛二是最講道理的人，不信你打聽打聽。人呢？

楊志只好說出了寶刀的好處。

第一，砍銅剁鐵，刀口不卷。

第二，吹毛立斷。

第三，殺人後刀上沒血。

不信。

拉倒吧。

太能扯了，那血去哪了，難道蚊子給吸走了，那得多大的蚊子啊，哈哈！

牛二提議要親自試驗，楊志只好依了他，牛二要楊志
拿刀剁銅錢。

二十文銅錢疊起來，楊志卷起袖子，舉刀凝神，一刀
下去，銅錢被剁成兩截。圍觀的人們發出喝彩聲。

牛二看楊志真把銅錢剁了，面子上過不去，他吆喝著
要楊志試驗第二個好處。

牛二從頭上拔下一把頭髮，遞給楊志。

楊志把牛二的頭髮放在刀口上，輕輕一吹，那頭髮齊刷刷地斷了。圍觀的人們再次喝彩，牛二的臉上掛不住了。

閉嘴！居然叫這小子搶了風頭！咱玩點兒狠的。

這潑皮牛二急了，你楊志不是說殺人後刀上沒血嗎，那你拿刀剁一個人我來看看，要是真沒血，我就服你了。

誰跟你鬧呢？必須給我試驗。

不准走，必須給我試驗。

大哥……二哥，咱好好的，別鬧！

楊志一看，今天這個晦氣啊，遇到這麼個東西，真是有理說不清。

牛二不依不饒，繼續糾纏楊志，非得叫他殺人。

牛二拉著楊志不讓走，楊志掙脫不開。

我跟你往日無怨，近日無仇，我殺你幹什麼？

服軟也不行，你敢殺我嗎？

留刀也行，你得給我錢啊，一共三千貫。

你走也行，把刀留下。

我沒錢，就想要刀。

要刀是沒有，你別拽著我。

兩個人拉拉扯扯，牛二越發放肆，揮拳就打楊志，楊志只能躲閃。

你別欺人太甚，我是有脾氣的。

大騙子，還說殺人後刀上沒血，你不敢試驗，就把刀給我。

楊志把牛二推倒，牛二撲上來玩命。楊志無奈地躲閃
著，朝著圍觀的人大聲喊話。

給我拿來吧你，
大騙子，長得就
不像好人。

街坊鄰居
你們給我證明
啊，我沒有
盤纏了，來賣這把
寶刀，這個牛二無理取
鬧，還要強奪我的寶刀，
你們給說句公道話。

圍觀的人懼怕牛二，沒有一個敢來拉架。楊志忍無可
忍，一刀抹過去，那牛二只感覺脖子一涼，鮮血噴濺
而出。

你看看吧，刀上
是不是沒血？

還真是。
啊，疼……

牛二一聲慘叫，倒地而亡。楊志對眾人說：「是我殺死這個無賴的，跟你們無關，但是請求你們給我楊志做個證明，咱們一起投官自首去。」

這牛二平時作惡多端，早就引起了公憤，所以楊志殺了他，官府也並沒有判死罪。楊志被判誤傷人命，發配到北京大名府留守司充軍，寶刀被充入國庫。楊志這一去，結識了大名府的留守梁中書，從而引發了後面「智取生辰綱」的故事來。

我這命啊，跟林沖有一拚！賣個刀還賣出人命官司來了。

歷史上的王倫起義

梁山泊的第一任寨主是白衣秀士王倫，他原是個落第的秀才，不得已在梁山泊落草，因為擔心武藝高強的好漢上山會危及自己的地位，每次有英雄來投奔都要想方設法拒之門外。當走投無路的林沖前來投靠時，同樣遭到了他的百般刁難。直到後來在晁蓋等七人上山、王倫又故技重施想趕他們下山時，在他手下忍耐已久的林沖最終憤而拔刀殺了王倫，梁山泊從此易主。

事實上，北宋時確確實實發生過王倫起義，時間也確實早於宋江起義。

王倫起義發生在北宋仁宗慶曆三年（西元 1043 年），王倫首先在沂州（治所在今山東臨沂）起事，此後轉戰密州、海州、揚州、泗州等地，人數最多的時候也不過二三百人，但戰鬥力極強，所到之處官軍都避不敢出。後在和州（治所在今安徽和縣）被官軍擊敗，王倫被殺。

王倫起義的規模、影響一點都不遜色於後來的宋江起義，可惜在小說裡他卻完全成了宋江等人的陪襯，不但寫他毫無進取心，只是利用梁山泊地理優勢苟且偷生，而且為了凸顯晁蓋尤其是第三任寨主宋江的招賢納士，還特意把他塑造成一個心地褊狹的反面形象。

真是冤枉啊，有沒有人也幫我寫本小說，捧捧我、罵罵宋江呀？

梁山英雄的日常武器:朴刀

楊志失陷花石綱丟了官職後,到東京求見高俅想謀求復職,不料卻被高俅痛罵一頓。滯留在東京的楊志盤纏用盡,只得賣掉祖傳的寶刀換些生活費。而楊志帶在身邊的除了這把寶刀外,還有自己的常用武器——朴刀。

朴刀,又名播刀,是一種刀身窄長、刀柄較短的刀。朴刀屬於短兵器,外形與大刀相似,但朴刀使用時必須雙手持刀,所以又叫雙手帶。

朴刀出現於宋代。宋王朝禁止民間藏有武器,人們於是將大刀刀柄截短,改為朴刀。朴刀不屬於軍用兵器,一般都是行走江湖的遊民防身所用,是一種很流行的民間武器,在宋代描寫草莽英雄的民間文藝作品常常會有它的影子,水滸英雄們很多也是以朴刀為武器。

朴刀一直到清代才被列為軍隊的指定武器,清末的太平天國軍隊就以使用朴刀而聞名,朴刀也因此又被稱作「太平刀」。

另外,朴刀的刀身也可以取下,刀柄還可作杆棒使用。《水滸傳》第六十回中有詳細描述:「盧俊義取出朴刀,裝在杆棒上,三個丫兒扣牢了,趕著車子,奔梁山泊路上來。」可見平時朴刀的刀身是取下的,刀柄就當作杆棒使用,必要時才裝上刀頭。

盧俊義

青面獸楊志

星名：天暗星

座次：17

綽號：青面獸

職業：殿司府制使、大名府管軍提轄使

武器：朴刀、渾鐵點鋼槍

外貌：七尺五六身材，面皮上老大一塊青記，腮邊少許赤鬚。

梁山職司：馬軍八驃騎兼先鋒使第三位

主要事蹟：楊志出身將門，北宋名將楊繼業五世孫，應武舉而官至殿司制使，押運花石綱時不幸翻船失落花石綱，不敢回京覆命，只得流落江湖。王倫曾想挽留楊志留在梁山，被一心想復職的他堅決拒絕。到東京後，楊志求職碰壁，生活無著，只好賣掉祖傳寶刀，卻遇街霸牛二來搗亂，一怒之下殺死牛二，被刺配大名府。在大名府又得到蔡京女婿梁中書的垂青，受託押解生辰綱，卻又在黃泥崗被晁蓋七人所劫。楊志只得到二龍山落草，後二龍山與桃花山、梁山三家聯手攻破青州，楊志等也加入梁山隊伍。後楊志屢立功勳，兩贏童貫時斬殺兵馬都監李明，征王慶時攻破六花陣。征方臘時行軍至丹徒縣，楊志患病留在丹徒，不久病逝，葬於丹徒縣山園。

人物評價：楊志兩次被委以重任，足見其才能膽識之出色，卻屢陷絕境。在無奈加入梁山後兜了一個大圈子反而回到了他心心念念的朝廷，實現了他的報國之志。施先生大概是想藉此表明朝廷裡早已奸臣當道，只有梁山才是忠臣義士的棲身之所？

才勇兼備、忠肝義膽，偏偏磨難重重，這大概就是我們楊家將的魔咒吧！

第 8 章

智取生辰綱

楊志押送金銀擔

楊志靠著一身好本事，得到了梁中書的賞識。楊志內心也暗自慶倖，覺得自己這是因禍得福了。

轉眼到了端午節，梁中書和蔡夫人一起飲酒。蔡夫人提醒梁中書，六月十五日是自己父親大人蔡京的生日。

我爹的生日你沒忘吧？

我花了十萬貫購買了金銀珠寶，都準備妥當了。

這還差不多，那還不早點派人送去。

梁中書權衡了押送生辰綱的人選，最後選定楊志來擔此大任。楊志打聽押運生辰綱的日程和具體細節，梁中書好好交待了一番。

你如果完成任務，我會繼續重用你。

弄十輛太平車，派十個軍士押運，每輛車上插一面黃旗，寫上「獻賀太師生辰綱」，你覺得怎麼樣？

大人，這活兒我不幹了！

梁中書見楊志一句話推掉了任務，心中不解，趕緊詢問原因。楊志一五一十地闡明了自己的想法。

如此一路招搖，路途上賊人眾多，目標太明顯，肯定被搶了啊。

那咱們多派人手啊。

您就是派五百人也沒用，這些人見到賊人就會一哄而散，不堪一擊啊。

那你說怎麼辦？

楊志建議，這次押運生辰綱不能用車子，把這些禮物都裝在十餘條擔子裡，找十個健壯的禁軍，假扮腳夫挑著。我扮做客人，悄悄連夜趕去東京。

咱們必須低調！

聰明的腦袋不長草，有痣的楊志智商高！

梁中書大喜，按照楊志說的去交代。結果，要出行的時候又有了變故。

那我不去了。

夫人也有一擔子禮物，我派老都管和兩個虞候跟你一起去。

怎麼又要撂ㄌㄠˋ挑子呢？

楊志解釋說不是自己撂挑子，而是梁中書派老都管他們也去，擔心自己根本管不了他們，無法保證路上的安全。

那行，我必須要有絕對的領導權。

嗨，這個好解決，叫他們都聽你的。

楊志見梁中書答應了自己的要求，當下立了軍令狀，
如果出了差池，自己甘願認罪。梁中書一見，心裡十
分高興。他當即叫來老都管和兩個虞候，讓他們聽從
楊志的調遣。

第二天，楊志早早起來，選了精壯的禁軍，讓他們都
扮作了腳夫挑著擔子。楊志戴上斗笠，挎著腰刀，拿
著朴刀，帶了幾根藤條。一行人離開了梁府，出了北
京城，向東京進發。

走了六七天，路上的人家漸漸稀少，行人也少了起來。

楊志有嚴格的紀律要求，眾人要按時起身趕路，按時休息，誰不服從也不行。十一個禁軍的擔子都很重，挑著很費力。再加上天氣炎熱，禁軍們叫苦不迭。

⸿路途艱險惹怨言⸿

實在走不動的禁軍停下來歇息，被楊志用皮鞭抽得鬼哭狼嚎。有的禁軍去找老都管告狀，老都管也無法阻攔脾氣暴躁的楊志。

楊志催促一行人，如果停止趕路，輕則一頓痛罵，重則便用藤條抽打。

兩個虞侯本來以為自己有些特權的，所以還有些優越感。誰知道他們走得慢也被楊志一頓臭罵。

楊志百倍警惕，他不按常理出牌，這樣才能不被賊人盯住，平安押送生辰綱。兩個虞侯被罵後，心裡十分懊惱，暗地裡跟老都管告狀。

這十一個禁軍累得氣喘吁吁，也在老都管面前告狀。

又過了一夜，這天早上很涼爽，眾人想趁著涼快出發，誰想到楊志卻不叫大家出發。

我們是想趁著涼快趕路。

少廢話，都給我回去睡覺。現在走太危險，容易被賊人盯上。

哪有什麼賊人？

再回嘴就把你的嘴巴縫上！

大家對楊志的行為敢怒不敢言，只得回去睡覺。到了
接近晌午時分，楊志開始催促大家趕路。
衆人忍氣吞聲，都覺得楊志這個人是個瘋子，這是故
意在捉弄大家，這些人對楊志都有了怨氣。

這一天是六月初四，還沒到正午，一輪烈日掛在當
空，天上一絲雲彩都沒有。這時，楊志又催促著大家
上路了。
在烈日下走了二十多里，看到前面有一片柳林，大家
就想去樹蔭下歇息一下。楊志揮舞藤條一頓痛打，就
是不讓他們歇息。

聽楊志話裡有所鬆動，大家都卯足勁緊跑幾步，到了
土崗子，卸下擔子，十四個人在陰涼處躺下歇息。楊
志觀察了一下周圍的環境，內心叫苦。

楊志拿著藤條抽打禁軍，讓他們繼續趕路，誰想到眾
人開始反抗。

楊志發了狠，拿起藤條劈頭蓋臉地抽打，誰想到打起
這個，睡倒那個，楊志這回是無可奈何了。

兩個虞候和老都管也堅持不住了，也想休息，看見楊
志毆打眾人，老都管開始求情。

楊志不聽勸說，徹底惹惱了老都管。

> 我在東京太師府裡做事，人家對我都非常有禮貌，你楊志不過是做了個小小的提轄，還真拿著雞毛當令箭了！

> 都管，你是不懂路途險惡啊。

> 我連四川、兩廣都去過，也是見過世面的人，也沒見你這樣大驚小怪的。

> 現在的世道跟太平時節沒辦法比啊。

> 哎呀，現在世道怎麼就不太平了，你這麼說思想有問題。

楊志跟老都管正在爭辯，突然發現對面松林裡有個人探頭探腦觀望。楊志馬上警覺起來。

> 有情況！
> 我去抵擋賊人，
> 你們做好準備。

> 哎呀，這人是神經病啊！

吳用智取生辰綱

楊志拿了朴刀，趕入松林裡查看。

楊志看見松林裡一字擺著七輛車子，七個漢子在那裡歇涼。書中暗表，這七人是晁蓋、吳用、公孫勝、劉唐和「阮氏」三兄弟。他們此行的目的就是要截獲楊志押運的生辰綱。

為首的晁蓋拿著朴刀走到楊志跟前，楊志上下打量他。

楊志仔細觀察這七個人，詢問他們的情況。劉唐有些不耐煩。

你頭髮天生就是這顏色嗎？

是呀，這是自然色，遺傳的。

我弟兄七人，都是濠州人，準備販賣棗子去東京。

對啊，聽說這黃泥崗不安全，歇息時可能會遇到賊人，所以才叫人看看情況。不料被你發現了。

楊志聽完他們說的話，放鬆了警惕。

哦，原來如此，咱們是「麻稈打狼——兩頭害怕」。都是一場誤會。

看見沒，楊志的智商真不高。

楊志提著朴刀回來，老都管關切地詢問情況。

楊志把朴刀插在地上，也倚在樹下休息。這個時候，
從遠方來了一個漢子，此人正是白勝。

白勝挑著擔子走上土崗子，擦了把頭上的汗水，也在
松林裡歇涼。

白勝的酒桶裡散發出酒香，吸引了大家的注意。

禁軍們又熱又渴，於是在一起商量，大家湊一些銀子，買一桶酒喝，也好解解暑氣。大家正在湊錢的時候，被楊志發現了。

楊志大怒，掄起藤條便打，邊打邊罵。

你們又做什麼？竟敢在這黃泥崗買酒吃。

不知深淺的傢伙們，多少好漢被蒙汗藥麻倒了，你們一點警惕都沒有。

我們自己湊錢，和你有什麼關係？

哼，你這客官真是不會說話。我又不是主動要賣酒給你們，真是「狗咬呂洞賓──不識好人心」！

我不賣了！

哎呀，你別跟他見識，我們買酒吃。

這邊吵鬧的聲音一大，對面松林裡的那夥假裝販賣棗子的客人，都趕過來看熱鬧。

發生什麼事情了？

我挑酒過崗去村裡賣，他們要買些吃，這個客官不會說話，說我的酒裡有蒙汗藥，呸！

阮小七

那七個棗販子一聽大笑起來，他們勸白勝別生氣，還說他們要買一桶酒吃。

啊，您別生氣，我們買酒吃。

不賣，好心給我當成了驢肝肺！

他們懷疑你，我們可沒有，來，我們買一桶酒喝。

挑酒的漢子白勝看晁蓋這些人很有誠意，打算賣酒給他們。可是發現自己沒有帶舀酒的工具。

晁蓋等人取了兩個椰瓢，還捧出一大捧棗子來。七個人就在桶邊，開始輪番喝酒。他們不大一會兒就喝乾了一桶，把楊志這邊的人饞得直流口水。

吃完一桶酒，晁蓋問多少錢。白勝說五貫錢一桶，劉唐感覺有點貴了，非要白勝再贈一瓢酒吃。

白勝不答應，劉唐不管那一套，揭開另外一桶酒，舀了一瓢就喝。白勝趕緊去搶，那劉唐拿著半瓢酒就跑。白勝去追趕，另外一個客人卻拿了一個瓢，去桶裡舀酒。白勝趕緊把桶一下蓋住，把瓢給丟在地上。

楊志這邊的人都看在眼裡，心裡癢，嘴裡饞，都想吃酒。他們找老都管講情，表示想買一桶酒喝。

老爺爺，你給求求情吧，讓我們潤潤嗓子啊，這地方也沒有水喝。

其實……我也想喝了。

就是啊，人家賣棗子的都喝了，咱們只能乾饞著啊。

老都管就去找楊志商量。

衆位禁軍一聽楊志同意買酒吃了，歡呼雀躍起來。大
家趕緊湊足了錢來買酒，誰料到白勝不肯賣酒。

晁蓋他們幫著講情，連拉帶拽地把一桶酒拎了過來。
眾人謝了，先舀兩瓢給老都管和楊志，老都管飲了，
楊志卻不肯飲。

楊志看大家都沒事，也就飲了一半。那賣酒的白勝笑
嘻嘻地挑著擔子走了。

那七個販棗的客人指著這十五個人喊道：「倒也，倒
也！」楊志一看，知道上當了，只見手下這幫禁軍一
個個都栽倒在地。

哎呀，這幫狡猾的賊人。你們
是怎麼把蒙汗藥放進酒裡的？

好漢，這兩桶酒開始都是沒有下藥
的。問題出在劉唐揭起桶蓋，又舀
了半瓢吃，故意要你們看著，只是
叫人死心塌地。然後，我去松林裡
取出藥來，抖在瓢裡，藥就攪在酒
裡了。然後被白勝搶奪過去，瓢裡
的藥就下在了桶裡。

哦，我明白了。

楊志眼睜睜地看著晁蓋等人劫走了生辰綱，心裡叫苦不迭，卻沒有辦法阻止。

徽宗年間的花石綱

楊志失落花石綱後不敢回京覆命，不得已遁入江湖，他的厄運也由此開始。而事實上，徽宗朝被花石綱所害的可不止楊志一人。

宋徽宗喜愛奇花異石，就命他的寵臣朱勔主管江南應奉局，專門負責為他搜羅奇花異石。應奉局搜羅到奇花異石後就用船隊運送到都城，十艘船一組，當時成為一綱。人們於是就把應奉局為皇帝運送花石的船隊稱為「花石綱」。

當時百姓都深受花石綱之苦，家中只要有一木一石、一花一草被應奉局看中，就會被貼上黃紙徵用，百姓不但不敢有怨言，在應奉局運走前還要悉心呵護，否則就會被冠上「大不敬」的罪名。而搬運時還會為了方便不惜拆掉百姓房屋，應奉局更趁機敲詐勒索，許多百姓為此家破人亡。

據說有一次應奉局找到一塊太湖巨石，為了運輸，一路上遇橋拆橋，被城牆所阻就遭破城牆，為滿足皇帝的個人私欲竟不惜毀掉了大批公共設施。

《水滸傳》最後寫到的方臘起義就是花石綱讓方臘等漆園主和工人們忍無可忍才爆發的。

我是個雅士，喜歡些奇花異石只是小事一樁，幹嘛說得好像罪大惡極似的。

要知道普通人最多玩物喪志毀了自己，皇帝玩物喪國害得可是天下百姓啊！

宋徽宗

方臘

說說宋代的酒價

黃泥崗上，晁蓋等人為引誘楊志手下買酒，故意向白勝買了一桶酒吃，吃完後就問多少錢，白勝說五貫錢一桶，劉唐就嫌太貴了，非要白勝多給他一瓢，兩人還為此廝鬧起來。那麼，五貫錢一桶酒真的貴嗎？宋代的酒價又怎樣呢？

宋代的酒價是政府統一規定的。宋初的酒價與唐代差不多，仁宗朝以後開始連年上漲，到徽宗年間，酒價已經非常高了。

宋人把春天釀造、秋天出售的酒稱為小酒，而冬天釀造、夏天出售的酒則稱為大酒。宋初，小酒價格按照品質不同每升 5-30 文錢，大酒則每升 8-48 文錢。但到徽宗年間，每升酒已至少漲了 6 文錢，也就是最便宜的酒也已經漲到每升 11 文了。以此推算，每斗則 110 文，宋代通常的酒桶一般一桶三斗多，也就是將四百文錢左右。

而宋代一貫錢是 770 文，就是最貴的酒一桶恐怕也就一貫多錢，五貫錢確實是天價了。當然，我們所說是官方定價，各地酒商可能還會有溢價，但即使如此，白勝開出的價格也近乎敲詐了。

這麼明晃晃的陷阱我怎麼還是掉進去了呢！

那還不是多虧我戲演得好。

楊志

劉唐

托塔天王晁蓋

晁蓋

職業：保正

武器：朴刀

綽號：托塔天王

梁山職司：梁山第二任寨主

性格：為人豪爽，急公好義，專愛結識天下好漢

主要事蹟：晁蓋祖上是東溪村富戶，衣食無憂之餘，他專愛結交江湖好漢。在劉唐提議下，晁蓋聯合吳用等人在黃泥崗劫奪了生辰綱，被官府發現後帶眾人投靠梁山，結果被王倫驅逐，林沖憤而殺死王倫，於是晁蓋被推舉為梁山第二任寨主。宋江江州被陷害，晁蓋派梁山眾人救出宋江，迎宋江上山。後攻打曾頭市時不幸中箭身亡。

人物評價：晁蓋本家境優渥、生活無憂，只因胸中一股不平之氣劫奪了生辰綱這筆不義之財。梁山落草以後，晁蓋也一再聲名梁山隊伍是「仁義之師」，在石秀來求救時也對時遷偷雞摸狗行為嗤之以鼻，拒絕與之為伍。可見晁蓋始終都堅持著自己的信條和底線。只可惜性情急躁又胸無城府，即使不死，也終不免被宋江所取代。

梁山有我在，就不會踏上招安這條窩窩囊囊的覆亡之路！

晁蓋